只是好朋友?!

愛藏橘子01

Just Friends!?

新版，序

寫了將近十三年的小說，很高興橘子作品集裡終於有了第一本精裝版小說，《只是好朋友?!》這本小說是我寫於二〇〇七年也出版於二〇〇七年的作品，當時候只花了三個星期左右的時間完成，出版的時候正巧遇到台灣出版界的風暴，當時我覺得好衰喔、書才上市呢，會不會遭到池魚之殃呢？

但後來它卻持續的默默的被喜歡被支持，很多人是因爲《只是好朋友?!》而開始逐步認識橘書，我自己則有個很鮮明的印象是：這本書合約都要到期了、但卻還在金石堂的年度百大裡。

謝謝所有喜歡這本書的你們。

除此之外，我還鮮明記得的是，這本書是在我家附近一家喫茶店裡、靠窗的位子一字一字寫下的（如果有人疑問的話，對，我直到現在還是手寫稿子然後才key in進電腦，這點還是沒變），我從來沒有看過自己寫作時的身影，但是不知何故，我清清楚楚的記得在那個店裡、在那靠窗的位子裡，我寫下的作品有哪些，甚至我還清清楚楚的記得，當時候的我，還是個怎麼樣的我。

然後很多事情變了，很多店倒了開了換了搬了，而我自己也是，變了很多變了不少，然而那家店那位子還在，我還是經常經過它，我只是不再走進去了而已，很多事情都變了，連我自己和我的人生也是。

有滿多年的時間我寫作很快出書密集，經常會被問到靈感哪裡來這方面的問題，而我也總是滿不正經的回答：因爲體質啊，其實我喝符水喲，或許是因爲我心底一直有個人沒走出去吧，不過最可能還是被外星人附身吧？不要講出去喔！

不過當然這都是開玩笑的回答，我不是故意嘲弄故意不正常，只是因爲實際上的答案我自己也不知道並且也幾乎沒有思考過究竟爲什麼？

儘管我人生中有將近十三年的時間都在寫作，而且眼看著這數字還會繼續往下推進，不過說眞的，我不太去思考這個問題，我只是安安靜靜的寫小說，每當靈感來的時候，我只是把我腦子裡的每個字每句話每一個畫面文字化、小說化而已。

謝謝所有這一路上我們一起成長的陌生朋友，謝謝你們默默支持著平平淡淡不吵不鬧也不喧譁的橘子，也謝謝所有接受我一直以來就只是單純的安靜的寫作的你們，萬分慶幸我們活在同一個世代，由衷的慶幸著。

橘子

第一章

我叫林庭羽，我愛陳金鋒，我要嫁給他，對我知道他結婚了，但是反正就算他還單身我也沒可能有機會嫁給他，所以我就管他去的連結婚後衛生紙要用哪一牌子都先決定好了，因爲我就是這麼的愛他，眞的我不是開玩笑的，而且我這輩子從來沒有這麼認眞過。

關於我爲什麼要嫁給陳金鋒的這個問題起碼被問過兩百次以上，而實際上我只告訴過二十個朋友，因爲即便強調再多次，都沒有人肯眞正相信我是鐵了心的狠愛陳金鋒並且決定這輩子只肯嫁給陳金鋒。

從：爲什麼不是王建民？

到：田壘啦！籃球員妳起碼看得到他髮型。

及：金城武咧？不愛金城武的人照我說都該被捉去槍斃！

還：郭台銘吧！台灣首富耶！雖然他也已經又結婚了，但反正這跟妳要嫁給鋒哥一樣都只是個想法而已不是嗎？

且：呃……我一直以爲妳是女同志……

連：馬總統吧？哈哈我是開玩笑的當然，別拿鞋丟我。

諸如此類，如此這般，很不理解，這些他們。

但我就是只愛陳金鋒，只想嫁給陳金鋒，我覺得陳金鋒是世界上最帥的男人，其他人怎麼認爲那可不關我的事。

事實上這就跟有人以村上春樹迷自居，然後還寫書研究他這個人賺稿費，或者模仿他過著雅痞的生活好方便泡妹妹一樣，又或者有人瘋狂迷戀王家衛，然後誤以爲自己就是梁朝偉或者是張曼玉，只差沒有整天梳著油頭或者是穿著旗袍走來走去而已；純粹只是個人偏好的關係，關於誰愛誰又誰該愛誰的這件事情。

個人偏好。

她那天說要當新娘子，她隔天就穿上了白紗蓬蓬裙，她那年才三歲。

小時候林家二老很喜歡拿這件我的童年往事說嘴個不停說得哈哈大笑說得樂不可支，雖然我壓根不記得有這麼一回事而且也沒張照片證明，不過他們就是愛得要命愛得說個不停；小時候我覺得滿討厭的，長大後則覺得滿感傷的，因爲那好像是我唯一像個小女生的時候，我三歲前。

後來不明白發生了什麼事情，等到我比較有記憶的時候，林家二老好像開始有點忘記我依舊是個小女生而且還是他們的獨生女兒，他們開始把我往帥氣那方向打扮，而且還開始帶著我去球場看棒球，可能是他們覺得帶個小孩在球場上（而且還把她打扮成吉祥物）（而且還不是那種粉嫩嫩的吉祥物而是帥氣的吉祥物）會比較高機率吸引到攝影師的鏡頭，這麼一來他們就可以回家在重播時看到自己上電視然後覺得當天花的門票根本值回票錢價說不準還裱框珍藏（雖然這件事從來也沒有發生過一次）。

然後那天的事情我記得很清楚，那是我國一那年，那是雅典奧運那一年，那是中華對日本那一場，那一場陳金鋒揮棒從上原浩志手中擊出三分打點的全壘打，那一刻林家二老在我們家客廳尖叫到天花板都因此震動，但天花板震動的原因不只是林家二老、而是方圓百里之內之外所有台灣同胞的同步尖叫聲，那一刻我毫不懷疑全部的台灣人都被凝聚在電視機前面尖叫，不分性別不分政治傾向不分男女老少，那一刻我感覺到台灣因此搖晃，歡聲雷動，舉國歡騰，因爲那三分打點的全壘打，因爲陳金鋒。

那一刻我知道我戀愛了，在所有台灣人民的尖叫聲中，連家中街上的所有阿貓阿狗都驚慌失措的汪汪喵喵。

那一年我國一。

在愛上陳金鋒那年還有件事情同時發生，那就是另外一個林庭羽走進我的生命裡。

林庭羽是我的國中同學，從國中一路同學到高中，還記得國中開學那天我們是在老師以及全班同學的哄堂大笑中互相發現原來這名字還有另一個人在用、而且那個人居然就坐在自己的隔壁時，導師開始告訴我們有部日本電影叫作《情書》，而電影裡剛好就是在演一對相同名字的男女主角的故事。

『很棒的一部電影，很經典。』

老師一臉回味的說，而且還極力推薦我們去找出來看。

接著在那之後每個因此回家特地去看完《情書》的同學都好興奮的咚咚咚跑過來認為我們一定會戀愛，結果不用說的每個好興奮的咚咚咚跑過來認為我們一定會戀愛的同學都被女生林庭羽拖出教室海扁一頓，再被男生林庭羽好溫柔的安慰兼敷藥而且還呼呼。

唯一例外的是我們導師。

『庭羽……喔，我說的是男生庭羽。』掩嘴偷笑、那女人：『要記得不可以去登山喔！要不然以後你的女朋友會寄錯信給女生庭羽而且還爬上山去喊了又喊：你好嗎？我很好！你好嗎？而且喊完還跌倒喲。』

說完，導師好像覺得自己很幽默似的呵呵笑了起來，男生庭羽的反應是好害羞的絞著手低頭臉紅，而至於女生林庭羽則是放學後在班導師的抽屜裡偷偷放解剖過的死青蛙。

後來我們繼續考上同一所高職，這其實沒有什麼問題，問題就出在於我們下一個的導師又提起一部韓國電影《我的野蠻女友》，韓國電影《我的野蠻女友》經典的不只是電影的本身，還有我們這對剛好女生很野蠻男生很溫柔的林庭羽；每個被班導師推薦看完《我的野蠻女友》的同學都好興奮的咚咚咚跑過來認爲我們一定會戀愛，結果不用說每個好興奮的咚咚咚跑過來認爲我們一定會戀愛的同學都被女生林庭羽拖出去教室海扁一頓，再被男生林庭羽好溫柔的安慰兼敷藥而且還呼呼。

唯一例外的是我們體育老師。

『庭羽……喔，我說的是女生庭羽。』好帥的笑、那傢伙：『要記得如果以後妳的長輩要妳去相親的話不可以拒絕喔，因爲那個人搞不好就是男生林庭羽。』

說完，體育老師好像覺得自己很幽默似的哈哈哈笑了起來，男生庭羽的反應是依舊害羞的絞著手低頭臉紅，而至於女生林庭羽則是放學後在體育老師的椅子上偷偷撒了一整盒大頭針。

林庭羽。

每個同時認識我們這對林庭羽的人都鐵口直斷只差沒指著天花板發誓這對林庭羽遲早有一天一定會談起戀愛來，可是至今我們都認識整十年了，我們還只是彼此的好朋友，最好的那種。

林庭羽。

我們都叫林庭羽，而且我們的身高都是一七〇，男的太矮女的太高，男的太美女的太帥，手邊好像隨時捏著一條隱形小手帕的男生林庭羽，以及包包裡好像隨時擺著一把扁鑽的女生林庭羽，性別好像錯置了的，我們。

林庭羽。

我相信每個人應該都有這麼一個朋友，因為對方太難得了，所以不忍心動情，跟那種人在一起的時候會有種溫暖且自在的感覺，那感覺並不是出自於激情的感動，而是來自於彼此的了解。

因為有些東西是比愛情更珍貴的。

跟這種人交往是浪費，這感覺真棒，既不用為情所困，又能享有互相的陪伴，與其濃烈的愛情，相戀如蜜，還不如當對方最好的朋友，溫暖且自在。

而且還不在乎冷不防的被自己架拐子。

哈！

而我和林庭羽就是這種感覺。

在我眼中庭羽簡直就是不可思議，撇開他幾乎隨傳隨到活像我的私人司機不說，始終住在他家裡的房子裡開他家裡配的車子領他家裡發的薪水每天睡前還好可愛的對家裡二老說聲晚安卻仍自在又快活，而更不可思議的是，長得太漂亮、整個很不man而且還不求長進的庭羽，身邊卻總是不缺女生們想泡他；不可思議簡直是！難道她們都不覺得庭羽整一個就是男同志嗎？難道她們都不介意跟比自己漂亮的男生交往嗎?!

「我說，你要不是gay，這世界上就沒有gay。」

記得有回我酒後不小心吐了這麼個眞言，結果林庭羽難得發了脾氣、氣得三天不跟我講話，那是我們認識以來林庭羽第一次對我生氣，那是我人生中最無聊到不像在活著的三天。

那是我人生中最難熬的一段日子，我被我的學長甩了，劈腿的那種甩；學校裡的風雲學長、排球隊隊長，痞痞壞壞高高帥帥的，迷死我們大學裡一缸子小女生，包括我；迷死人的大學學長因爲有回看到我灌籃時的狠勁帥到煞到他於是追起我，接著我們交往，那是我人生中過得最少女情懷的一個學期，接著一個學期不到，他移情別戀到別的小學妹身上，風騷火辣好性感的啦啦隊隊長，褲子會短到露出屁股蛋的那一種，我眼看只有重新投胎才可能變成的那種風騷火辣的性感女生。

我從來就不可能是的那種女生。

天曉得我當時氣得眞想把學長捉來當個籃球灌！還好是我這個念頭被林庭羽及時發現成功阻止下來，否則我現在可能還在牢裡蹲也說不定。

後來聽說風騷火辣啦啦妹還是被風雲學長給兵變，因爲風雲學長當了兵之後才發現且承認原來自己愛男人。

關於這件事情，我可眞不知道該仰天長笑還是咬舌自盡算了。

哎。

第一章

這天，當我一個人待在誠品咖啡裡度過我的下午空班時間，冷不防的，身後突然冒出一個搭訕聲，本來我以為會聽到的是：

『先、先生，我可以坐在你旁邊的位子嗎？』

因為活了二十三年，我遇到的搭訕者都是把我背影誤認成為帥哥的白痴小女生；可是這次並不是，這次是個男生，年輕的男生：

『妳一個人嗎？』

天曉得當我終於遇到正確的男性搭訕時開心得會有多想哭，但問題就出在於那天我心情碰巧很不好，於是頭也沒回的我把問題丟回去給這雅痞模樣的高瘦男：

「不然你是看到有別人嗎？」

『這很難說，有可能妳是在等人，或者妳的朋友剛好不在位子上，反正這個世界上本來就沒有什麼不可能的事情，連紐約雙子星都被飛機撞、東京下起四月雪，更何況是這種簡單的假設？』

嘖嘖嘖，了不起，看來這雅痞不但對於性別的直覺很準確，而且意見還很多。

「你意見這麼多是怎樣？」

『是想問妳可不可以坐在妳旁邊的位子。』

這雅痞問，然後沒等我回答的，就直接坐了下。

「你已經坐下了不是？」

『是啊因爲妳又沒拒絕。』

還理直氣壯的咧、這傢伙。

「幹嘛一定要跟我坐同一桌？難道你沒看到還有其他——呃。」

抬頭我環顧四周，的確是沒有空位子了，眞不曉得這間誠品咖啡老客滿是什麼意思。

『我可以認識妳嗎？』

「你以爲我媽生我下來是給人認識用的嗎？」

『難道妳朋友已經多到數不清，所以塞我一個不下了嗎？』

嘖嘖嘖，這雅痞，怎麼跟我一個德性、熱愛反問對方。

「你哪隻眼睛看出來我是女的？」

『我兩隻眼睛都看出來妳是女的。』

「了不起。」

『什麼了不起？』

「我至今只被小女生搭訕過，因爲她們誤會我是個帥哥。」

『妳是長得高，而且背影帥，但一看就是個女人，這有什麼問題？』

這問題可大了，因爲我不但長得高背影帥肩膀寬，而且總是球鞋T恤牛仔褲，標準帥哥模樣。這問題可大了。

『而且其實妳長得很像全智賢。』

這痞子是喝醉了還是宿醉不成？也對啦，如果全智賢是男人的話，大概就是長我這樣子啦！

「你有看過那麼帥的全智賢嗎？」

『眞的，只要妳把頭髮留長。』

「你管我。」

只要妳把頭髮留長。

該死！風雲學長當時可不就這麼哄過我嗎？結果呢？當我頭髮還沒留過肩膀時，他就迫不及待的劈腿風騷火辣小學妹去了，更別提當兵後還直接出了櫃。

哦~該死！

因爲今天起床的時候已經發過誓要一整天不生氣的，所以我並不打算讓他知道這提議有多該死的狠狠踩到我死穴；其實我常常做這種計畫，例如說一整天不能兇人、吵架、動粗之類的，而之所以需要這麼個提醒自己，正是因爲我常常不自覺會有以上的行爲出現。

『妳看起來不像是會失戀的女生。』

冷不防的，這雅痞又飄來這句話，更該死！

「你哪隻眼睛看到我失戀了？」

『我兩隻眼睛都看到妳失戀了。』

不要動怒不要動怒不要動怒！

但是很難，於是我起身狠狠青他一眼，然後收拾東西走人。

該死！

爲了避免再遇見那個惹人厭的雅痞，然後還誤以爲我是專程要去給他泡的，所以隔天的空班時間我只好選了稍遠的誠品喝咖啡；不曉得是不是最近牢騷太多所以終於被上帝討厭了，很不幸的、我都特地選了稍遠的誠品咖啡了，結果卻還是被雅痞給遇到。

原來愛泡誠品咖啡館的不只有我一個人哪！一想到這點、我突然有種不再寂寞的感覺，然後回過神來才發現自己真是莫名其妙兼頭殼壞去。

『妳也喜歡誠品咖啡？』

「犯法嗎？」

『妳還沒走出失戀嗎？』

「你管我。」

『哈！被我套出話來，妳果眞是失戀了。』

「嘖。」

『其實妳長得很像全智賢，眞的。』

「對啦，帥哥版的全智賢啦。」

『爲什麼會失戀？』

爲什麼我就坦率的告訴他了？

「先是被劈腿移情別戀風騷火辣小學妹，後來那混帳當兵去又發現原來自己愛男人再劈腿個美男子，我請問你，換作是你遇到這情形的話，你會仰天長笑還是乾脆咬舌自盡？」

『先仰天長笑再咬舌自盡。』

「還眞是有夠中肯的見解。」

『好說。』

「去死。」

『初戀？』

「你管我。」

然後這雅痞就開開心心的笑了：

『所以呢？你管我小姐，能夠請問芳名嗎？』

「你管我。」

然後他笑得更開心了。

『很好，很率直，我喜歡。』

「喜歡個屁，我們倒是認識嗎？」

『問得好，我叫曹書豪，這樣我們就算認識了。』

「那是你的看法。」

又笑了，而且還笑得扶住桌角，眞是夠白痴的、這雅痞。

『很好，很坦率，而且夠辣，我喜歡。』

我想這個人不是太幽默了，就是根本瘋了。

『所以、你管我小姐，我可以要妳的電話以進一步的認識妳嗎？』

我瞪他。

「521。」

『這是？』

「這是我的銀行存款，用提款卡都領不出來的心酸數字，這就是人太坦率又太辣的下場。」

『妳坦率得很可愛。』

「你也病得很嚴重。」

『其實我也很喜歡誠品咖啡。』

「我本來也是，但是因爲你，我會開始討厭它。」

『嗯，我越來越喜歡妳了。』

有毛病！

『妳不覺得它總是帶給人一種很peace的感覺嗎？』

「你話這麼多，的確是需要再peace一點，你何不乾脆就把自己漆成咖啡色算了呢？」

不在乎我的攻擊，他繼續發問：

『妳喜歡紅色嗎？』

「我幹嘛喜歡紅色？」

『因爲妳給人的感覺就是紅色，雖然很強烈，但是卻很眞。』

「你是做心理分析哦？」

『雖然我不是念心理學，但是我可以感覺到妳在這個問題的背後是想要多了解我這個人。』

「你的幽默很難懂。」

『而且我感覺得出來妳只是把自己武裝成很難相處的樣子，其實妳的本質是很熱情的，只是妳害怕一旦洩露出來會受傷而已。』

我搖頭嘆氣，在心底請佛祖耶穌多保佑這個人。

「這麼愛說教，不去當傳教士是浪費。」

『其實我是學建築的。』

「祝你幸福。」

『不過我目前比較專攻於替有錢的外行人規劃開店，但是希望有一天也能有一家自己的咖啡館，希望會是一家帶給顧客平靜感受的地方。』

「要加油喔。」

我說，然後打了個呵欠。

『這就是我喜歡餐飲的原因，可以藉由顧客的小習慣觀察他們的本身，妳覺得呢？』

「我覺得你怎麼還沒觀察到我的不耐煩。」

『我觀察到妳還沒卸下武裝，這是因爲妳習慣讓自己處於優勢。』

「有人說過你很怪嗎？」

『這句話的背後表示妳開始對我感興趣了。』

「白痴。」

丟下這句話，我趕緊閃人。

『嘿！妳還沒告訴我妳的電話？』

「521。」

『妳眞的很有趣。』

「你眞的很有病。」

『我要怎麼再遇到妳？』

「如果我繼續再倒楣的話。」

『那祝妳好運囉。』

嘖。

第三章

「熱車，備酒，滾過來。」

拿起電話我丟下這句話，接著在林庭羽的可是聲中就好帥的掛了它，同時正和林爸呵呵捱在一起看電視的林媽立刻飄來一句：

『又打給女朋友哦？』

「第二十七次。」

自從上次逸婷淚眼汪汪的趴在我肩膀上哭訴她再一次愛錯人、害我當時活像個有夠man的男子漢之後，這位歐桑就樂此不疲的老愛拿這開玩笑。

『哈～～我老婆好幽默喲！』

『還不都跟老公學的。』

眞是夠了、這兩個老肉麻！

每天每天的雙雙種在沙發上演你儂我儂，每天每天，每天每天！下班回來從七點準時收看七點整點新聞，八點立刻準備面紙轉大愛，九點一到又扯開喉嚨跟著全民開講一起罵，然後十點再轉台到東森看寶傑告訴我們美國人和外星人的陰謀，天老爺！他們難道都不會精神錯亂嗎？

講到精神錯亂……

「林太，妳再不給女兒我換智慧型手機，我立刻就精神錯亂給妳看！」

『那妳去精神錯亂好了，因爲恁祖媽打死也不會再給妳辦手機。』

「媽媽～～」

『裝女生也沒有用。』

嘖！什麼話！我本來就是女生好嗎！

『這位少女可還記得上回某人心軟給妳辦了個手機當十七歲生日禮物，結果換來的是什麼？』

換來的是我方便跟風雲學長談戀愛，而且還被劈腿甩！

『他還欠我一條腿妳給我記住了。』這會、就是連林爸也接腔了，『要不是那天他小子跑得快，我少說打斷他一條腿！呸！居然膽敢泡我家女兒還把手放在她腰上！至今想來俉北還是一肚子火！』

「這兩位歐桑容我提醒一下，某人在十六歲那年還不是海泡我家阿公的女兒，結果還泡出了我來，嗯？」

『怎麼？又想談戀愛啦？』

「幹嘛扯到這？」

『因爲上一次當學一次乖！』

嘖，這老狐狸……

『我可再警告妳一次，俉祖媽辛苦懷胎十月——』

「是九個月啦！孩子都生了、怎麼連這點常識也沒有呀？」

『再囉嗦別怪我沒告訴過妳恁祖媽當年可是混道上的。』

「對啦，要不是妳有了我嫁給他，現在也沒有王蘭囂張的份啦。」

『知道就好。』林太很滿意的笑了笑，然後繼續方才未完的狠話：『恁祖媽辛苦生妳養妳可不是爲了給門外那些小色胚泡的。』

「媽！我都已經二十三歲了！再不談戀愛、是想害我嫁不出去嗎？」

『這倒是個好主意！一輩子養在家裡陪妳爸媽一起變老本來就是最浪漫的事！』

臭女人！

『還有，這個月薪水咧？別以爲我忘記妳今天領薪水。』

「拜託喔、這年頭哪還有人會狠心把女兒薪水全拿走的呀？」

『剛好妳家爸媽就這麼狠心啦。』一把搶過我慢吞吞拿出來的薪水袋，林太皺著眉頭掂了掂，接著有夠沒良心的只抽出三張來給我，而且還更沒良心的補上這一句：『這是懲罰妳——』

『哈囉，林爸林媽好，我來接庭羽去看球賽了。』

林庭羽的出現打斷了林媽的碎碎唸，轉頭，我們同時看到林庭羽正汗流浹背的站在門外恭候大駕。

湊近我耳邊，林太小小聲的繼續剛才被打斷的話：『我這是在替妳存聘金哪。』

「什麼聘金？」

用下巴指了指窗外的林庭羽：

『妳以後娶他會需要下聘金不是？』

「無聊幼稚鬼！」

天老爺啊，許我一對成熟點的雙親可好？

『庭羽呀，規定是幾點送我們家庭羽回來可記得？』
搔著大肚皮，林爸不忘每次每次的叮嚀這句話。
『寶傑上班的時候，我記得。』
『呵呵呵，眞不愧是我的好媳婦。』
「再會！」
就這樣，再一次的我又被氣出家門。
嘖！

上車，把腿放到置物箱上，火速的我打開一罐冰透的金牌台啤，唏哩呼嚕的乾掉它半瓶之後，在一聲過癮的啊～～啊～～聲之後，我開始抱怨：
「評評理嘛林庭羽！你給我評評理！哪有這種爸媽的呀天底下？從女兒幼稚園開始就訓練她酒量，然而女兒都長到二十三歲了居然連支智慧型手機也不給換！哪——有——這——回——事！」

啊～～啊！冰透的金牌台啤怎麼那麼好喝呀？

『妳又要換手機囉？』

「什麼叫作又？我本來就該有支智慧型手機！這年頭誰沒支智慧手機的嘛！吼～～」

『很多啊，阿兵哥。』

我迅雷不及掩耳的給他架了記拐子，架完之後庭羽的反應不是喊痛或是抗議或是還手卻是好滿足的說：

『哇靠！第五百個拐子耶！林庭羽生涯第五百拐達成！』

「白痴！」

眞是超白痴的、這庭羽，每次一想到和我同名同姓的人結果卻是個熱愛挨我拐子的白痴時，我就覺得人生應該是沒有希望了沒錯。

『是不是又遇到喜歡的男生啦？』

「沒有呀。」

『新同事？』

「搭訕的。」

『妳眞好套話耶。』

「哎～～誰叫我們都是林庭羽嘛。」

沒理我，林庭羽自顧著說：

『搭訕的不好啦。』

「在誠品遇到的也不好？」

『那更糟。』

「喂！你怎麼比我媽還囉嗦呀？」

『呵。』

像是在唸呵這個字似的，林庭羽有夠敷衍的呵了一下。

「你幹嘛？今天心情不好喔？」

『沒有哇。』
一聽就知道有。
「逸婷有一次跑來我家哭哦，和這事有關？」
『沒有啦。』
嘖嘖嘖，這林庭羽，口風可眞是夠緊的！
自從庭羽和逸婷分手之後就沒再從他口中聽過到逸婷的名字，且說這林庭羽、雖然外表是個美人胚一只，但面對感情可眞是夠硬漢的，自從逸婷移情別戀把他給甩了之後，任憑我說破嘴，林庭羽怎麼就是不肯再見她的面。
『我們約定好了不要再見面了啦。』
每次林庭羽總是用這句話把我給堵了回來。
哎，眞懷念以前我們三個人出去吃吃喝喝說說笑笑的歡樂好時光哪。
「喂！老娘今天心情不好，我要喝個醉醉的晚點才回家。」

『不行。』

「吭?」

『妳記得上次我們去看那場球賽嗎?』

「延長賽最後陳金鋒轟出再見全壘打那次?」

『沒錯,那次某人也是心情大樂聲稱要喝個醉以慶祝,結果我送妳回家時是幾點妳可記得?』

「記得呀,十一點過一分,怎樣?」

『隔天林爸就約我吃午餐,順便還秀了一把黑槍給我看,而且表情是微笑著請我下次務必要在寶傑上班時把妳送到家,他說這不是一句玩笑話而已。』

「你白痴哦!他是嚇你的啦!那八成只是玩具槍而已。」

笨死了這林庭羽!還眞的相信咧?這笨庭羽。

『是眞的。』緊握著方向盤,眼神空洞的直視著前方,林庭羽額頭冒出兩顆豆大的冷汗:『林爸要求我一起檢查那把槍,子彈少一顆,而且槍口還有殘留的火藥痕，還好火藥痕看起來不是新的而是有點歲月了。』

「呃……」

『然後林爸好客氣的說那火藥痕跡已經有二十幾年那麼久，但如果下次寶傑上班時而我還沒送妳回家的話，火藥痕跡的歷史就會刷新。』

「呃……」

『說到這，妳難道從來沒有懷疑過林爸背上那條龍的刺青是眞的刺青而不是妳一直以爲的彩繪嗎？』

「呃……」

『希望今天球賽別打到延長。』

把額頭上的冷汗抹掉，最後，林庭羽這麼說。

第四章

是你的就躲不過。

我想應該是這麼解釋的沒錯吧？因爲沒道理在誠品咖啡裡被連逮兩次之後，這雅痞會神到連我工作的時段都算得準。

這天午餐時段，遠遠的我就看到雅痞改變穿著換成一身白襯衫黑領帶黑西褲黑皮鞋的正經模樣出現在我們餐廳大門口，身邊還跟著一個生意人模樣的把頭髮從左邊梳到右邊梳成了個條碼頭的禿頭男，當下我只有一個念頭——

快躲起來！

但來不及。

『原來妳在這裡工作？』

有夠得意的、這雅痞說，還衝著我好魅力的笑了笑。

「沒有哇，我只是有穿著這餐廳的制服來這裡吃飯的癖好，而且、我還不常來喔。」

話才這麼說完，我們家店長就立刻像個背後靈似的飄了過來：

『庭羽，你們認識喔？本餐廳向來會給員工的朋友打折的喲～～』

該死！下班我我蓋她布袋蓋定了！

我們同時轉頭說：

『算是認識。』

「不算認識。」

『妳的名字是哪個庭哪個羽？』

轉頭，我用一種職業化的微笑暗示他識相點閉上嘴巴否則別怪我動粗；雖然林某人我出身從良黑道世家，而且脾氣還有那麼一點的美中很不足，但我對於自己在工作上的EQ可是很要求的，再說自從去年有個白目廚師吃我豆腐偷摸屁股當場被我反手折斷他三根手指頭之後，我就答應經理眞的我不會再動粗了。

於是爲了避免在這個雅痞面前破功，我只好隨時提高警覺留意自己和他保持著兩尺半的安全距離。

可是人算不如天算，我算不如他算；沒想到我都已經委屈求全退讓到這兩尺半的安全距離了，這雅痞居然反而直接了當的叫經理請我過去他面前。

恨！

「May I help you?」

『May I date with you?』

該死！爲什麼這雅痞英文說得一口英國腔聽起來好貴族又迷人呢？

『原來是這個庭這個羽。』

望著我胸前的名牌，這雅痞好勝利的微笑，而我則是迅速的遮住胸前的名牌，並且用一種林媽生給我的兇狠眼神怒視著他。

『妳不覺得人生就是一種妥協嗎？』

突然的、他說。

『人生總是有種種的事與願違，不是嗎？』

「我眞不願意明白指出本餐廳的客人愛說教。」

『這就是妥協的一種。』

「我說曹先生——」

『眞高興妳記得我名字。』打斷我，他嘴角再度揚起勝利的笑：『妳其實沒有妳表現的那麼排斥我。』

「我說你難道就不能尊重別人不想被打擾的自由嗎？」

『所謂的自由並不存在。』

「又來了！愛說教。」

『呵，我請妳過來只是想解釋我並非無聊男子。』

「明明就是。」

『好吧我尊重妳，如果眞的很喜歡妳就叫作無聊男子的話，那我願意是。』

這雅痞到底是哪隻眼瞎了還是盲了？

「你是同性戀嗎？幹嘛非得要來喜歡一個男人婆！」

『妳本質上很小女生的，只要把頭髮留長，修一修，但別再剪短。』

「第一次聽說。」

『眞的，修一修，別剪短。』

這個人到底是在執著什麼？

『妳幹嘛討厭他啊？』

哦～哦～我最害怕的事情終於還是發生了。

在這雅痞離開之後，餐廳裡閒閒沒事的他們立刻湊過來開始追問我們之間到底什麼關係？

這眞是我生平第一次由衷的希望本餐廳客滿，好讓那些傢伙沒空多管閒事。

爲什麼我要這麼害怕呢？因爲大學時當我在這裡還只是工讀生時，那是我和風雲學長的熱戀期，也是我人生中唯一最像個小女生的時候，只要一有機會我就會把他們固定在我腋下好強迫聽著我甜蜜蜜的愛情心得，我記得我好像還說過一想到居然能和風雲學長談戀愛眞的是連做夢也偷笑這類的傻話！

老天爺！這話至今回想起來還是教我糗得想把聽過這傻話的人全殺掉。

清了清喉嚨，我好正派的回答他們：

「喜歡一個人可能需要很多原因，但討厭一個人是不需要理由的。」

『妳幹嘛討厭他？』

「因爲他很無聊。」

『他怎麼說無聊？』

「平白無故的搭訕人就叫無聊。」

『就是不認識才要搭訕呀！』

『而且妳想想，妳上次被搭訕是什麼時候？』

「昨天。」

『昨天那個把妳誤認成小帥哥的輕熟女？噗哧～～』

「小心妳的手指頭。」

有夠兇狠的、我怒視店長。

『妳不是答應過經理發誓再也不折斷別人手指頭了嗎？』

「對，我是答應老闆**在這裡**不再折斷別人手指頭，但下了班後我可不敢保證。」

『……』

哈！知道怕就好。

『可是好端端的妳幹嘛討厭他？他長得還不錯啊。』

他長得不錯？其實我倒還真沒正眼瞧過這雅痞的長相，因爲我想應該也沒有人在被搭訕時會想要仔細的研究對方的長相吧？因爲沒有必要，而且我從來不認爲由搭訕所發展出來的愛情有什麼意義。

是吧？是吧。

『如果妳仔細看的話，就可以發現他有一雙很漂亮的電眼，而且還會漏電。』

「……」

問題是我有機會仔細看嗎？答案是有的。

自從被這雅痞知道我的藏身之處以後，他幾乎每天都跑來這裡吃午餐，後來想想那大概是因爲午餐時間本餐廳的生意都是特冷清的，所以他就有更多的機會勸我和他交往。

我發現這雅痞要不是太有錢了就是太閒了，因爲他好像除了和客戶來之外，其他時間都是一個人單獨來午餐，而且我還發現他很喜歡做深色系列的打扮，老是一身黑衣黑褲的，就連穿白襯衫的時候也習慣掛條黑領帶。

難道他沒事就需要到誠品咖啡去平靜一下。

「你是喜歡走神祕路線喔？」

『第九天。』

「什麼第九天？」

『我連續來這裡吃午餐，第九天妳才終於主動找我講話。』

「……」

『好啦好啦，我道歉，可不想難得妳主動找我說話還把妳給氣跑。』漏電的眼睛還是帶著笑，他笑著問：『什麼神祕路線？』

「大熱天的卻穿得一身黑呀，裝神祕是嗎？」

『喔……那是因爲安全。』

這是在說他認爲自己太胖所以只好穿得一身黑的意思嗎？左瞧瞧右瞄瞄，怎麼瞧怎麼瞄都好像沒有這個必要吧？

『我覺得每次穿上黑色的衣服之後會有一種很安心的感覺。』

「你這麼沒安全感嗎？」

『妳倒是什麼時候要把頭髮留長？小全智賢。』

「你管我。」

我說，然後很奇怪的是，他立刻又超開心的笑了起來。

『看起來妳是已經走出失戀了吧？』

「你管我。」

『嘿！妳幹嘛要這麼害怕談戀愛？』

「誰跟你害怕談戀愛。」

『戀愛這東西、我是不害怕而且很歡迎，妳呢？』

挑著眉，他問，而我，沉默。

『給我一個理由，告訴我妳為什麼不能跟我談戀愛？』

這眞是考倒我了，雖然之前我告訴過同事，喜歡一個人可能需要很多的原因，但討厭一個人是不需要理由的，可是後來仔細想想，我覺得我好像說反了。

這就跟爲什麼有句老話說愛情是盲目的這個道理是一樣的，雖然老掉牙，可是很眞實。

就我來說，問我愛風雲學長什麼？我眞的說不出來，就是覺得兩個人在一起很快樂，被他喜歡很快樂，就連那次他送我回家結果被林爸追著打也讓我感到快樂，我就是這樣莫名其妙的愛上他，甚至還誤以爲我們眞是天造地設的一對；可是後來愛情不見了，雖然還是同一個人同一個個體，但是卻開始發現他的種種缺點，我發現可以不費力氣的說上一天一夜風雲學長的壞話，還可以舉證歷歷關於他有多白爛的這些事，因爲我開始討厭他了。

雖然其實我眞正想說的是，因爲我開始討厭愛情了。

第五章

「修一修就好，我準備留長。」

在髮廊裡，當我才說出這第一句話的時候，陪我一起上髮廊的好姐妹逸婷立刻是超八卦的用眼神掃我：

『妳又戀愛了？』

「沒有，不是，別亂說。」

『明明就戀愛了。』

「再囉嗦小心我放火燒光妳睫毛。」

『好啦好啦。』

轉頭，我對一直就幫我弄頭髮的gay設計師再次交代：

「修一修就好，我準備留長。」

幾乎是瞬間冒出眼淚、咬著下唇、捶著心肝的，我的gay設計師泡泡對著天花板悲鳴：

『不！不要！不可以！』

「吭？」

『聽我說、庭羽，我都已經出道十年經手過上萬個髮型了，可是妳！庭羽妳是我至今遇過唯一這麼合適俏麗短髮的女孩！比梁詠琪還適合！還適合！』

什麼情形現在？

「聽我說、泡泡，我都已經留了二十年整的短髮了，現在我要留長！幫我修一修，就這樣，把這事情處理掉。」

『不允許，不准，不！我不要庭羽留長頭髮，這太過分了！我不同意！』

「不要鬧了、泡泡！」

『不行！不可以！不能這樣！短髮的庭羽在我的部落格已經紅成個招牌，我怎麼可以親手砸了我的活招牌！這太過分了！』咬著手指頭，哭紅了鼻子，泡泡繼續呼天搶地著：『要我幫庭羽修成長頭髮，那我寧可退出髮型界！』

「你白痴喔！」還有：「你幹什麼偷偷把我的照片放在你的部落格？」

就知道每次剪完頭髮他都說要幫我拍照留念肯定是個陰謀。

『因爲庭羽是我的首席模特兒啊！這還用解釋？』

「首席模特兒？男模還女模？」

泡泡掩嘴偷笑一下，而至於逸婷則驚呼了起來：

『天哪！妳也看過泡泡的部落格？』

我沒有，但我隱隱感覺到這泡泡肯定是活不過今天走不出這髮廊了。

『喂！閉嘴！逸婷妳答應我不說的！』

逸婷不但不閉嘴，而且整個八卦開來的，說：

『而且妳在泡泡部落格的代號是泡泡理想的男友，哇哈哈～～』

「理想的男友?!」理想男友?!媽的！欺人太甚簡直是！「你該死了你！我今天不廢了你腳筋我林庭羽就穿裙子！」

『天哪，妳傷我的心了庭羽，一開始是要留長頭髮，現在就是連裙子都要穿了？不！不要！不可以！』

「對！林庭羽不穿裙子，所以這下子你腳筋廢定了！」

話還沒說完，泡泡就立刻丟下剪刀轉身拔腿狂奔，二話不說我也火速追他出去，差不多是在追過三個街口之後，我們兩個人都氣喘吁吁的同意停止這街頭追逐戰；在保持兩尺半的安全距離走在我眼前之後，我們重新回到髮廊就定位，開始了我的長髮人生。

長髮女生，我來了！

小全智賢，期待了！

Yes—！

重新就定位之後，唏哩呼嚕的我一口氣喝乾半瓶冰透了的可樂，在長長一聲過癮啊～～中，一邊塗著粉紅指甲油的逸婷冷不防的射來這支冷箭：

『哪有女生像妳這樣子喝可樂的啊？還啊～～勒。』

「有呀，本姑娘我。」

『是本姑娘還本少爺？』

「妳！」

轉頭我怒視她，然後再把頭轉回鏡子前時，我先是傻了三秒鐘那麼久，接著在第二個三秒鐘裡，泡泡已經機警的跳離我三尺遠——

「你！幹了什麼好事！」

『我、我不是故意的。』

不是故意的才怪！眼前我的頭髮又給這泡泡剪了個原先那樣短！

「啊～啊～把我的頭髮還給我！」

『哎喲，誰叫妳剛才要轉頭瞪我，活該嘛妳。』

『就是嘛！人家可是痛定思痛的要幫庭羽妳修個長頭髮的，可偏不巧呢、庭羽妳就愛亂動，害人家一個失手沒捉好長度就這樣子失手剪短了。』

『算了啦庭羽，明明就適合短頭髮，幹嘛硬是要留長呢？』

『逸婷說得好對！人家也是覺得短頭髮的庭羽好帥好有型，我甚至願意因此重回異性戀界了。』

『這下子就happy ending了嘛！泡泡家可多有錢、別怨我沒事先告訴過妳喲。』

「全給我閉嘴！」忍無可忍的、我吼斷這兩個人的唱雙簧，怒視著鏡子裡的短頭髮，我質疑：「妳剛是不是故意害我分心轉頭瞪妳的？」

逸婷賊溜溜的笑著，接著事不關己般的吹了吹她美美的粉紅小指甲。

哀莫大於心死的、我宣布：「算了算了，給我剪回原來的樣子。」

哎～～我的長髮夢！我的小全智賢。

在這兩個人好麻吉的愉快聊天裡，鏡子裡的我從未來的小全智賢又給慢慢剪回好帥短頭髮，而且爲了避免下班之後在暗巷裡被我蓋布袋，這泡泡還好友情的替我免費染了咖啡色，結果不染還好、染了之後這整髮廊裡的所有人立刻起立鼓掌歡呼叫好：

『哇靠！Ella分身耶！』

『好久不見短髮的Ella，懷念吶！』

『S.H.E會不會解散單飛啊？』

『妳可不可以給我Hebe的電話？我好想跟她談戀愛！』

啊～啊～我的長髮夢！我的小全智賢！全飛了！全——飛——了！

怒氣沖沖的我結帳，付完錢之後還不忘飛踢泡泡的細細小腿骨以洩恨此外還追加個架拐子送他。

哼！

在回家的路上，我傷心：

「好不容易我才留到孫燕姿那長度的……」

『哎喲！妳這長度最適合妳啦！相信我。』掩嘴偷笑，『要不我剛才幹嘛冒死陰妳那一把？』

「可是我也想當女生～～」

『哎喲！別被那些沙豬誆了啦！我們女生幹嘛一定要留長頭髮才叫女人味？』

「妳自己還不是留長頭髮？」

『我又不一樣。』

哼！

「可是好不容易有人鼓勵我留長頭髮……」

『誰？』

然後我就把和雅痞男的邂逅外加狹路相逢的前後經過一字不漏的告訴逸婷

去，聽完之後她先是沉思了三分鐘那麼久，接著才問：

『庭羽知道嗎？』

「欸，我以為妳要問的是：我喜不喜歡他耶！搞什麼反而妳第一個關心的卻是林庭羽知不知道啊？」

『因為光聽就知道妳是喜歡上他啦！』閃爍閃亮亮大眼睛，逸婷又不開心的補上這麼一句：『再說我只是隨口問問，妳幹嘛反應這麼大啊？』

「因為你們兩個自從分手之後就一直避不見面，這就算了，卻偏又每次每次的愛透過我追問對方的近況，哎～～我覺得這樣很怪啦！」

『人之常情啦。』

「難道現在是只有我一個人懷念我們以前三個人的時光嗎？」

『完全正確。』

哼！薄情寡義。

「喂！妳也替我著想一下好咩？現在只剩下我們兩個人走在街上，別人都要誤會我是妳男朋友了。」

『那很好呀，讓別人以爲我有個帥哥男朋友總比以前別人認爲我男朋友比我美要來得好吧？』

最好是啦！

「妳當初好端端的幹嘛要劈腿？我還以爲是妳比較愛庭羽耶。」

『妳不懂啦。』

逸婷打馬虎眼的丟來這句話，接著甚至更避而不談的哼起歌來。

「妳老哼的這到底什麼歌啊？怪耳熟的但卻又硬是想不起來。」

『妳去問庭羽啊。』

「他知道？」

逸婷若有所思的笑，然後把話題帶回雅痞男：

『所以呢？既然他想追妳，而妳又喜歡他，幹嘛硬ㄍㄧㄥ著不交往？』

「因爲他看起來很花的樣子。」

『怕又受傷嗎？』

「嗯，很怕。」

『因爲怕受傷所以不敢愛，這樣不是很蠢嗎？』並且：『既然妳都想爲他留長頭髮了，又幹嘛不給你們一次機會？』

「因爲我女人的直覺告訴我，這傢伙有天會狠狠的又把我給傷透。」

『別被耳邊的那些小聲音給陰了、庭羽。』而接下來逸婷說的話可眞是狠狠的又把我給傷透：『再說、妳明明就帥哥一個、哪來的什麼女人直覺呀？』

「喂！雖然我看來像是個帥哥，但依舊是有顆少女般柔軟的心好嗎？」

『好啦好啦，替我向妳那顆少女般的柔軟心道歉。』

「這還差不多。」

吹了吹口哨，最後，逸婷這麼說：『去愛吧！庭羽。』

第六章

所以我答應和雅痞男嘗試交往看看，而第一次約會的地點就選在我們第一次邂逅的那家誠品咖啡裡，而且選的位子還好宿命的就是我們第一次坐的那裡；坐在我們生命中第一次遇見彼此的老位子上時，我決定得先坦白幾個原先不想被他知道的祕密：

「雖然我長得很帥而且上星期才知道原來我被個零號gay認定爲他的理想男友搞得我僅存的自信整個毀掉，但實不相瞞我私底下也有很小女生的一面，例如說我眞的好喜歡草莓圖案的小褲子而且從小就夢想著能有一套我自己的芭比娃娃！」

喂！林庭羽！正經點，別緊張！

於是我其實坦白的是：

「其實我沒有智慧型手機，之前你問我LINE的時候其實我就想告訴你，可是我沒有智慧型手機沒辦法和你隨時隨地LINE，都什麼年代了我居然連支智慧型手機也沒有這眞的讓我覺得好丟臉，我怕你會因此覺得我是怪胎而打消想喜歡我的念頭。」

『啊？』

他驚得下巴幾乎都要掉進咖啡裡了。

就知道！

『爲、爲什麼？』

「嗯，因爲我媽打死不讓我換手機。」

好像是誤會我在開玩笑耍白爛那樣，他開玩笑似的反問：

『該不會是因爲妳媽不准妳談戀愛吧？』

「嗯。」

『……』

「……」

『呃……我是開玩笑的啦。』

「呃……但我媽她不是耶。」

『……』

「……」

重新整理一下表情，他確認著：

『妳今年不是二十三歲了嗎？』

很嚴肅的、我點點頭，在明白我從頭到尾不是在跟他開玩笑之後，他乾笑了幾聲化解這尷尬，接著很打圓場的說：

『家教甚嚴的女生，我喜歡！』

「眞的？」

『嗯呀。』

呼～～鬆了口大氣，眞的是。

『這就是爲什麼我們要直接約在這裡卻不能去妳家接妳的原因？』

「沒錯。」

因爲上回來我家接我的男生差點被我爸打斷腿還好是他跑得夠快但我想看你這樣子應該跑沒他快因爲那痞子除了是排球隊長之外還是我們學校的田徑校隊所以爲了你的人身安全以及身體健康我決定還是直接約在外頭見會比較安全些。

本來我是想要再坦白這點的，但想想光是沒有智慧型手機兼都二十三歲了還被禁止談戀愛這事就讓他很傻眼所以爲了安全起見我決定還是保留一下。

關於我出身於從良黑道世家的這件事，我心想這絕對非得保密不可。

『還有呢？有什麼我要注意的事情嗎？』

好紳士的、他微笑著問。

我想了想，接著不管他會不會把我當成瘋子、我都爲了安全起見硬是決定問了：「你喜歡男人嗎？」

『啊！』

他驚得幾乎要把自己塞進咖啡杯裡了，哎～～

沒辦法，我只好把風雲學長的後續經過一字不漏的告訴他，而聽了之後，他的反應則是扶住桌角哈哈大笑。

哼！

「喂！你笑成這樣未免也太沒禮貌了吧？」

『抱歉抱歉，我只是……哈～～』揉了揉我的頭，他終於笑夠了似的，說：『妳很有趣，眞的。』

我很有趣？這是讚美嗎？

「那你呢？有什麼祕密在交往之前要先告訴我的？」

『沒有。』

快快的、他回答；我的女人直覺告訴我他這回答得太快、快得有夠詭異，但念頭一轉又心想逸婷說的其實也對：我明明就帥哥一個、哪來的什麼女人直覺？

哎～～

『倒是有件事一直想問妳卻又不太好意思。』

「啥事？」

『陳金鋒到底是誰？』

哼！他是該要不好意思！

「陳金鋒是台灣第一個踏上大聯盟的選手！他改變了整個台灣棒球史！」

『不是王建民嗎？』

「是陳金鋒啦！」

『是是是，我道歉。』又揉了揉我的短頭髮，他笑著說：『所以這位改變了整個台灣棒球史的陳金鋒先生現在人也在美國囉？』

「沒有，他回台灣打職棒了。」還有：「什麼也？」

他沒回答我什麼也，他只笑著說：『那好。』

「什麼好？」

『這樣他就染指不到妳啦。』

「是我想染指他啦。」

『很好，我差不多快吃醋了。』

可惡，爲什麼這句話在我聽來甜到快蛀牙了？

「爲什麼我們不去你設計的餐廳？」

幾乎是想也沒想的，他回答：

『因爲我不想破壞我的想像。』

「啊？」

『以一個餐飲人的角度來看，那些都算是很漂亮餐廳沒錯吧？』

「沒錯。」

『所以我才不想一旦去了之後，發現到它的服務不夠專業，或者食物只是好看，甚至咖啡偷工減料，我不喜歡我設計出來的餐廳會被經營成一個空有美麗外殼的地方，但那很難不是嗎？同時具備最好的服務夠水準的食物合格的咖啡……所以我只好選擇眼不見爲淨。』

「你這樣不是逃避現實嗎？」

『當現實不完美的時候，逃避不是最好的面對嗎？』

這話有點太難，我很認眞的想了想，然後承認我想不透乾脆就放棄去想。

我的女人直覺開始又悄悄的在耳邊告訴我、我們其實並不適合交往：因爲他太會思考，而我腦子則好像我媽忘了生給我。

哎～～

『這就是我喜歡這裡的原因。』

回過神來，我的思考系雅痞男友還在繼續發表著：

『每當我走進這個地方時，就可以預期到會喝到什麼樣的咖啡，在什麼樣的空間，這不是很好嗎？一切都在預期之中，不用懷抱著特別的希望，也就不會感到失望，這也是誠品讓人感到平靜的另一個重點。』

大概是觀察到我已經開始尷尬而且是很尷尬了，於是他又揉了揉我的短頭髮，笑著轉換話題：

『所以呢？家教甚嚴的林小姐，喝完這杯咖啡之後，妳想上哪去開始我們的第一次約會？』

「一二三，同時說？」

『好呀。』

一二三——

「看棒球！」

『看電影！』

尷尬。

「哈！看電影好。」

『OK，看棒球吧。』

接著，我們又異口同聲，然後再一次的尷尬。

於是爲了避免一直尷尬下去，最後他這麼折衷著說：

『這樣吧！我們先去看電影，接著再去看棒球？』

「嗯，好呀！」

我說，並且盡可能的擠出我最像女生的甜甜微笑來。

可是其實這才是最尷尬的地方，可是我已經沒勇氣再說出口然後再尷尬一次。

我很怕看電影，眞的。

記得國小時有次我們一家三口出門去看電影，哪一部忘記了，但我印象很深刻的是好死不死的、那是我生平第一次進電影院看電影就遇到了火災；而再接下來國中時和同學第一次去KTV唱歌時就這麼衰的又遇到包廂起火，而且印象很深刻的是那時候我已經長成了帥哥的雛形於是同行的女同學們二話不說的就是躲到我的肩膀後搞得我雖然嚇得都快尿失禁了卻還是得咬緊牙根好英雄救美的把她們給帶離火場，而且這就算了，嘔就嘔在隔天其中一個女同學還好洋洋灑灑的寫了封情書給我告白；從此種下我的幽閉空間恐懼症，而且這就算了，嘔就嘔在打死也沒有人肯相信像我這麼一個看來好man的帥哥骨子裡居然不敢進到電影院或KTV甚至還有那麼一點害怕搭電梯！

眞是冤透了我！

然而，此時的此刻，患有幽閉空間恐懼症的我聽到自己好小女生的歪著頭甜滋滋說道：

「好呀！」

第七章

「該死！連來三顆150的快速球！」

『喂！這位少女，哪有人第一次約會就從電影院落跑啊？』

完全無視於驚人連三150快速球存在的、林庭羽有夠煞風景的說。

「這也是沒辦法的事啦！我一進電影院就開始頭昏昏又腳軟軟，提早落跑總比當場尿失禁好吧。」

『眞是夠了！男生講話都沒妳這麼粗魯。』

「隨便啦！」

拍掉我正要拿可樂的手，林庭羽簡直活像個小妻子般的囉嗦著：

『那是我的可樂啦！』

管他的我照樣拿起來猛喝，順便還給了他一記拐子。

『第501拐，哈！』

「你沒藥救了你。」

搶在我把可樂全喝光之前，林庭羽快快搶回狂吸一口，接著又把話題帶回剛才：

『妳幹嘛不直接告訴他、妳不敢進電影院就好？這樣你們還可以一起看棒球。』

「他不喜歡看棒球啦。」

『哦？』

「嗯，看他表情就知道，他簡直頭皮都麻了。」

『眞可惜。』

「可惜啥？」

『他錯過妳唯一像個女人的時候。』
「怎麼說？」
指著電視機，庭羽說：
『陳金鋒！』
「該死！爲什麼都沒有人同意棒球應該裸著上身打呢？這樣又不會少他們一塊肉！」
『林智勝！』
「英雄～～他亞運再見安打跑回三壘的表情眞的是把我感動得想整個人巴在他身上當無尾熊！」
『還有那個——』
「他屁股眞帥！」
『看吧。』
唔……

好吧！確實我在看棒球的時候才會難得流露出女性化的一面，而且還是色瞇瞇的一面。

哎～～

「重點是，二十三歲了還沒有智慧型手機，薪水被媽媽管得死死的、每個月只有三千塊零用錢，而且又出身於黑道從良世家，前男友又險些被林爸打斷腿只因爲他摟著我的腰而且還低頭想親我當場被林爸撞見！」

『所以他那次到底親到了沒？』

「只擦到額頭就嚇得拔腿快跑了啦！嘖。」

『笑死我。』

儘管笑吧別客氣！完全不必介意往我傷口上撒鹽！哼！

「這下子要是再告訴他、我不敢進電影院豈不立刻被他當成個怪胎？」有夠無奈的低頭嘆氣：「好不容易有男生追我，我才不要在第一次約會就破功咧。」

『也對，等到第二次約會再露餡也不遲——喔！痛、痛！』

第502拐，哈！

「去拿可樂啦！叫我一直喝你口水是想害我變娘哦？」

『那妳確實是該多喝點我口水，哈～～』

第503拐，哈！

起身到冰箱去拿回兩罐可樂還沒忘記很貼心的打開拉環並且接著插上吸管的林庭羽，皺著眉頭嘟著紅唇，說：

『所以他就讓妳自己一個人回家，而他自己繼續看電影？』

「嚴格說起來是我叫你來接我並沒有我自己回家這件事好嗎？」

『說到這，既然有了男朋友，就不該再繼續把我當成隨傳隨到的車伕了吧？』

「什麼車伕啊？講這麼A。」想了想，我決定還是強調：「還有，他還不是我男朋友，而只是個嘗試交往的對象而已。」

『一壘？』

「還沒。」

『因爲剛好遇到林爸嗎？哈～～』

「你很冷耶。」

抱著肚子繼續笑夠了之後，庭羽才又說：

『隨便啦！反正這點我個人認爲他大扣分就對了。』

「哎～～這也是沒辦法的事，因爲他眞的很想看《女朋友。男朋友》，更何況票都已經買好了。」

『他喜歡桂綸鎂？』

我故意說：「不，張孝全。」

上上下下掃我一眼接著掩嘴偷笑，在林庭羽說出『我想也是』這四個字的同時，我也送上第504拐；像是拐不怕那樣的，林庭羽硬是要再追加一句：

『或許他也很喜歡鳳小岳。』

第505拐，哼！

『好啦好啦，東西收一收啦，寶傑快上班了！』有夠忐忑的、林庭羽聲明：

『挨拐子我行，但挨子彈我可不愛。』

「不要啦～～難得休假日，人家不要這麼早回家啦～～」

『去跟林爸講。』

巴住沙發、免得被林庭羽給硬是拖走，我繼續扯開喉嚨：

「不要啦～～人家可樂還沒喝完，洋芋片也還有一半～～」

嚴肅了表情，林庭羽再度聲明：

『林爸沒告訴過妳，你們老家後山底下埋了好幾具他的槍下冤魂？』

「不要啦～～」

索性，我在空中蹬腿耍無賴。

『起來啦林庭羽！手長腳長的還空中蹬腿裝小孩實在有夠不適合妳的。』

「那這樣呢？」

『痛、痛！』

第506拐。

哼！

把可樂洋芋片塞進包包裡，順便把晚餐剩兩個沒吃完的烤地瓜帶走準備當睡前宵夜之後，我放棄似的投降然後乖乖上車，回我那比監牢更嚴的家。

哎～～

車上，不知道什麼事開心成那樣的林庭羽一直頻頻撇嘴偷笑，實在是笑得我頭皮有夠麻的實在受不了之後，我忍無可忍的問道：

「喂！你倒是一個人在那邊竊喜個什麼勁啊？怎麼？入選黑澀會美眉了不成？還是木棉花小姐？」

『嘖！』清了清喉嚨，林庭羽嬌羞到不行的裝正經，問：『我只是突然想到，該不會妳其實喜歡的人是我吧？』

「吭？」

『妳想想，和男朋友第一次約會結果卻落跑——』

打斷林庭羽，我強調：

「還不是男朋友，而只是個嘗試交往的對象。」

『隨便啦！』又撇嘴偷笑：『落跑完第一個找的就是我，而且還待到不想回家，而且是每次每次哦！這？』

這個頭啦！還有、第507拐。

揉了揉想必是烏青了的肋骨，庭羽好像越痛越嗨那般的，繼續這話題：

『我說、林庭羽，如果妳是眞的暗戀我，我會建議妳直接告白比較好喔。』

「我沒興趣演《女朋友。男朋友》。」

『過分！』

「哈！你幹嘛自己對號入座成張孝全？」

『張孝全？我！』

「也對，你哪有他那麼man。」

垮著美麗的臉，庭羽生氣的說：

『把我家的可樂和洋芋片還來！』

「別醬嘛～～」

『還有烤地瓜以及我幫妳搜集的陳金鋒剪報。』

喲？眞的生氣啦？

「好啦好啦！人家開玩笑的啦小親親～」

『噁心死了、還小親親……』這才不再生悶氣，但卻得寸進尺的、庭羽報復著來了這麼記回馬槍：『但妳怎麼樣都沒可能是桂綸鎂。』

第508拐。

『不過、那雅痞是做什麼的？』

「有名有姓的，什麼叫作那雅痞？」

『喂！我只是跟著妳這樣叫他耶。』

然後我就不高興了。

『好啦好啦！那位先生是做什麼的？爲什麼感覺好像每天閒閒的光泡咖啡館和泡女生？』

「把最後那三個字給我收回去。」

再一次的，林庭羽抗議：

『喂！是妳自己說他有雙漏電的桃花眼好嗎？』

然後我更不高興了：

「有些話自己講是自嘲，但別人講來就會變成是諷刺。」

『別人？』

「怎樣？」

『我現在變成別人了？』

「難不成你也要跟著我叫他作我男朋友嗎？」

然後林庭羽也火了，踩了剎車、他臭著臉說：

『妳家到了，再會。』

「幹嘛不開進巷子裡啊？你一向不是都把車開到我家門口的嗎？」

『因爲我是別人啦！』

「喂！你發什麼神經啊？」

『我來月經啦！怎樣！』

氣呼呼的丟下這句話之後，林庭羽好帥的踩下油門走人。

眞的是、什麼跟什麼嘛！

第八章

『妳腸胃炎好點沒？』

第一次和書豪約會、同時也是第一次和庭羽吵架的隔天，在空班時間照例是和書豪來到誠品咖啡喝杯咖啡時，這是書豪問我的第一句話，而一時間我還反應不過來我幾時腸胃炎了？在楞了三秒鐘之後，這才想起對哦！昨天可不就是用腸胃炎作爲藉口從電影院落荒而逃的嗎？

「完全好啦！所以今天就去上班了，哈～」

大概是我笑得太不自然了，因爲聽了之後，書豪的反應是挑著眉，然後問：

『爲什麼？』

「啊？」

『爲什麼要說謊？』

因爲我不想被你當成是怪胎。

『其實不是腸胃炎吧？』

好吧！既然被識破了索性就直接的承認吧！對！我是個不敢進電影院的怪胎，而且我壓根不敢看同志電影，這兩者簡直double了我國中時的陰影，如果因此你笑掉大牙而且還決定不要和我交往的話我也認了！

「對！我說謊！我根本沒有腸胃炎，而事情是從我國中那年和同學——」

好偶像劇的用修長食指捏住我的嘴唇，打斷我、書豪很不自然的微笑著，問：

『那個男的是誰？』

「啊？」

『我看見妳走出電影院，然後上了一個男生的車，黑色Altis，沒錯吧？』

「哦，對啊。」

『我討厭開Altis的人，沒有想像力，又不是計程車司機。』

可是林庭羽不是這樣子的人哪！我想說，可是我沒說，因爲我忙著要被書豪的下一個問題給嚇到，他問我：

『那個人是妳男朋友嗎？』

被我男朋友問我有沒有男朋友，這感覺還眞是亂詭異一把的；等一下……我剛才直接當他是我男朋友了？

唔……

「林庭羽是我同學啦。」

差點沒被笑死的、我說，而且我還想說的是：我們昨天爲了你生平第一次嘔氣。但是結果我沒說，因爲書豪看起來很困擾的樣子，他不解的問：

『林庭羽？林庭羽不是妳嗎？』

「喔，忘了說，他剛好也叫林庭羽，剛好我們國中同班到高中，然後又一直是好朋友到現在。」

『只是好朋友？』

「對啊，不然咧？」

他撇撇嘴，沒回答不然咧？他反而繼續追問：

『那你們昨天去哪裡？』

「看棒球。」

『看棒球？』

「對啊。」

『妳好像眞的很喜歡看棒球？』

「對啊。」

而且我眞的很怕進電影院，尤其播放的還是同志片。

「倒是，你怎麼會看見林庭羽？唔、我說的是男生的那個庭羽，你不是在看電影嗎？」

『因爲我剛好想出去抽根菸。』

「我不知道原來你抽菸。」

其實我想說的是：我以爲你是改變心意想陪我去看球賽。

但我還是沒有，不知道爲什麼，在書豪面前，我總不習慣像在林庭羽面前那樣子的盡情做自己。

大概是被我的問題問得他菸癮犯了，於是書豪一口氣把咖啡喝乾，然後起身走出誠品大樓去到門口抽根香菸；把我一個人晾在我們的老位子上的三分鐘之後，帶著渾身菸臭味的書豪走到我身邊，就像是第一次他搭訕我那樣，臉上是我習慣的痞痞壞壞微笑，痞痞壞壞微笑的、他問道：

『那麼，我們也去看棒球吧。』

「可是我待會還要上班耶。」

『妳可以再腸胃炎一次哪。』

「可是——」

『好嘛！好啦！』

「好吧。」

好吧。

我說，雖然我眞正想說的是：可是這樣子我的全勤獎金就泡湯了耶！這樣子領薪水的時候我該怎麼跟難纏的林太太解釋呢？

可是我沒說，因爲這整個好像太煞風景了，而且我眞的很害怕終於有人追我愛我（而且還是男人）（而且還是男人！），結果卻因爲我的古怪而打退堂鼓；於是我說好呀，然後我撥出工作以來的第一通請假電話。

手機——

『嘿！我買支手機送妳吧。』

走在街上時，突然、他問，一邊還好自然的牽起我的手過馬路；雖然直覺又告訴我這可能會煞風景，不過這次我眞的忍不住雀躍的脫口而出：

「哇靠！這是第一次過馬路時男生主動牽我的手耶！原來當女生是這種感覺喔。」

『妳說什麼？』

該死！果眞是不該在他面前眞性情的脫口而出的！

「唔……哈、哈哈！」難爲情的搔搔短頭髮，我解釋：「因爲長久以來過馬路的時候都是我拖著慢呑呑庭羽走的啦，所以……哈、哈哈！」

『林庭羽……你們好像感情很好喔？』醋意很濃的、他挑著眉問，接著把我的手握得更緊了，『和那個林庭羽、你們的感情好像很好的樣子。』

「對啊，因爲我們是哥兒們嘛，哈、哈哈！」

『很好，我開始嫉妒他了，和妳有一模一樣的名字，和妳同班同學這麼多年，而且還和妳感情這麼好，過馬路都能被妳拖著走。』

很好，我眞的愛上他了。

原來被愛是這種感覺：被在乎，被緊握，被嫉妒，被珍惜。

原來。

『所以呢？妳想要哪一款的手機？』

把話題帶回手機上，書豪繼續確認，而手還是緊握著。

「不好啦，因爲……」

因爲這樣我怎麼跟頑固林爸交代啊？

『不行，我堅持。』

望著我，他說他堅持，然後不等我解釋，他低頭，在熙來攘往的街頭上，冷不防的，他低頭吻住我。

酥酥麻麻的，像是觸電般的感覺，原來這就是初吻的感覺。

原來。

晚上，回家之後，我不得不做的第一件事情是開始LINE：

——喲！終於去下載電腦版的LINE了嗎？

——非也，是我偷偷去換了手機哈哈！

——妳哪來的錢換手機？上次我們不是算過照妳的零用錢偷存得存到妳三十歲才有錢能換手機嗎？

——因爲我男朋友送我哈哈！

我男朋友，這四個字怎麼看起來聽起來想起來說起來該死的這麼悅耳？

——喲喲喲！我是妳第幾個通知這消息的朋友？

——第一個。

——不是庭羽？

——因爲妳比較重要。

因爲林庭羽好像在跟我嘔氣，其實我想說的是。不過爲了避免逸婷追問下去搞得我心情變差，所以我快快帶回話題，關於我男朋友的話題。

——恭喜妳，終於初吻達陣了！

而，這是逸婷傳來的第一個回應，在我的LINE對話紀錄裡，雖然我第一個想通知這天大好消息的人是林庭羽，可是不知道爲什麼想了想結果我還是決定先找逸婷。

——什麼叫作終於？說得好像我很滯銷一樣，本來的好心情都被妳給破壞了，呿！！

——本來就是終於啊，難道妳當時跟學長？

好吧，是終於沒錯，本來當時應該就發生的初吻結果演變成他和林爸的暗巷生死鬥，哎～～

——聽起來第一次的約會很成功嘛？

——嚴格說來應該是第二次才對。

——？

乾脆我還是撥了電話給逸婷，因爲有些事情確實還是適合開口說。

「還好啦。」

『怎麼說還好？』

「就……不太自在，妳能想像我居然整場球賽一直憋著沒敢露出我色瞇瞇的眞面目嗎？林庭羽說那是我唯一像女人的樣子耶！」

『妳少聽他亂說。』

「喔。」

『照我說，妳是終於有戀愛的樣子了，不但呢、初吻是達陣了，而且呢、對方還送了妳一直就很想要的禮物而且還是本來得存錢存到三十歲才買得起的手機。最重要的是、妳居然爲了他請假，嘩～～』

「其實這件事我整個不自在，一想到領薪水時不知道要怎麼跟林太太交代就整個很煩惱。」

『這事等到領薪水那天再煩惱不就得了？』

「眞是不負責任的建議耶。」

『我是啊。』

「嘖。」

想了想，我決定還是說說這心裡的疙瘩：

「而且他好像對庭羽很有敵意的樣子，這事我也不太自在。」

幾乎是想也沒想的、逸婷回答：

『還好而已吧。』

「可是我的男朋友討厭我的好朋友，這怎麼想都不舒服哪。」

『妳想太多了啦。』

「而且林庭羽——」

打斷我，逸婷說：

『聽我說、庭羽，如果妳的男朋友討厭妳的異性好友，那就代表他在乎妳他愛妳。』並且：『相反的呢，如果妳的異性好友討厭妳的男朋友，那就代表他不值得妳再繼續把他當作是好朋友了。』

「可是以前和學長交往時，我們沒這困擾啊？」

『妳又知道了咧。』

最後，逸婷這麼說。

第九章

和逸婷的徹夜長談（搞什麼滑手機徹夜長談就是比講手機徹夜長談硬是整個很不一樣）的隔天，很愉快的我早早來到餐廳上工，才想跟同事們宣布林庭羽我終於因爲擁有生平第一支智慧型手機而象徵性而和他們所有人同步了的時候，卻因爲遠遠的看到一個欠揍的傢伙而瞬間凍結我終於身爲現代人的喜悅。

學長。

風雲學長。

大學排球隊隊長後來劈腿啦啦隊騷包再後來當兵時還乾脆出了櫃double傷害到我的欠揍傢伙。

「可惡！還我爸一條腿來！」

而，這是我開口的第一句話。

『那次又沒親到，幹嘛我還要被妳爸打斷一條腿？』

幾乎是想也沒想的、這欠揍立刻性的回了這麼一句，而表情還是那麼欠揍的嘻皮笑臉。

『哇塞塞、庭羽！兩年不見妳還是這麼正耶！』

而，這是欠揍傢伙嘻皮笑臉之後的第一個反應。

「對啦對啦，我是世界上最正的中性人啦。」

『哇靠！講話也還是這麼辣，過癮啦！』

哎～眞是沒想到兩年的時間過去，這欠揍依舊是這麼的沒有自尊困擾。

上上下下的打量這兩年不見的、還欠林爸一條腿的、依舊沒有自尊困擾的欠揍傢伙之後，我這才發現到一件很詭異的不對勁。

「你，穿著我們餐廳的制服出現在營業前是幹嘛？」

『因爲我現在在這裡打工啊。』

『啊?!』

『嗯哼，我剛退伍打算考研究所，反正每天閒閒沒事做，所以就先來打工存學費。』

是被逸婷給烏鴉嘴的嗎？昨天才剛聊到這欠揍、眞沒想到今天就立刻遇到他，而且還變成同事？

該死！這眞是生平第一次我有強烈的衝動想往逸婷嘴裡海灌強力膠免得她再烏鴉嘴！

「你！那麼多家餐廳、幹什麼偏偏要跑來我們家打工？」

『因爲我心想妳搞不好還在這裡工作，所以啦！不作他想的就先來這裡面試囉。』

還不作他想咧！欠揍！

「什麼時候的事？怎麼我不知道？」

否則我早把他擋在門口不給進來了，不！否則我早把他揍成肉乾在門口、看他怎麼進來面試！哼！

『昨天下午囉，沒想到居然和你們店長相談甚歡，所以她就要我隔天立刻上班。』

還相談甚歡咧！這欠揍的傢伙，眞是沒想到兩年不見依舊還是醬愛繞成語。氣！早知道昨天下午眞的是不該請假的，就知道請假準沒好事發生，可惱！

『聽說妳有男朋友囉？』

「聽說你出櫃當gay囉？」

幾乎是想也沒想的我立刻回了這麼一句，然後這個向來沒有自尊困擾的欠揍就很稀奇的瞬間收起嘻皮笑臉立刻崩潰掉：

『那該死的瘋女人！我非殺了她不可！』

「瘋女人？我怎麼記得當初你叫她作是小甜心？」

『甜個屁！我只是被她的屁股蛋給迷惑了，撇開那海咪咪那柳細腰那超短裙下的火辣美腿，她骨子裡根本是個瘋女人！』

「最好是啦！」

『真的是！』激動到牙齒甚至在打顫了，這欠揍甚至眼底含淚的說：『分手之後到處造謠我出櫃當gay，這還不瘋嗎？』

「哈哈～～」

『我－真－的－不－是gay！妳曉得這句話我說破嘴才被相信嗎？老天爺！招惹到那瘋女人真的是一失足成千古恨。』

還一失足成千古恨咧！

「當你色瞇瞇的盯著她大腿看時怎麼說的好像不是這樣子？」

『我承認我錯了。』

對啦對啦！最好是順便承認當初不該硬是逼我穿裙子結果我執意不肯最後還

拿這當分手理由！

哼！

『我還寧願遇到的是像妳那樣分手之後是聲稱要殺了我而不是到處造謠我出櫃當gay。』

「怎麼說？」

『因爲那表示妳還在乎我而不是想摧毀我！』

欠揍就是欠揍，哎~~

「倒是、你好端端的幹嘛跟那辣妞分手？」

『因爲我發現我還是比較喜歡妳這樣大剌剌的女生，妳曉得每次出門約會我都得在門口等她多久嗎？』

「多久？」

『兩個小時不止！』

「爲什麼？」

『黏假睫毛、弄頭髮、化妝、挑哪件裙子短……老天爺！我實在不曉得如何跟一個只關心她自己哪個角度拍照美的自戀狂聊天，妳曉得每次出門約會我都得替她拍多少張照片嗎？』

「多少張？」

『拍到我食指快抽筋的那麼多張。』

「白爛。」

『還有吐舌頭聳肩膀眨眼睛外加娃娃音，老天爺！妳曉得有次我們出去她居然穿條屁股露一半的超短褲而她居然說那又沒什麼嗎？』

「我以爲你看得很樂。」

『對，我以前是看得很樂，但我可不想要跟別的男人同樂樂。』

「哎~你還是一樣那麼白爛。」

『不，我只是覺悟了。』

「覺悟啥？」

『妳曉得我跟她約會時甚至沒辦法像和妳在一起時說這麼多的話嗎？』

「爲什麼？」

『因爲她腦子根本沒裝任何東西只除了今年流行什麼風！』

「自找的啦你。」

『妳曉得之前墾丁的春天吶喊嗎？』

「曉得呀，怎樣？」

『我那時候看新聞簡直快嚇哭了！每一個都是那瘋女人！每一個！』

「你還醬愛她喔？」

『拜託別再說醬可怕的話來，我又快嚇哭了！』

哈。

『新聞的標題好像是春吶辣妹吧！反正每一個女的都是大墨鏡細肩帶超短褲，老天爺！我簡直分不出來誰是誰了因爲每一個人看起來都一模一樣！都像是那亂造謠的瘋女人！』

像是把這兩年來的鳥氣一口氣吐個痛快於是全身舒暢那樣，這欠揍伸了個懶腰然後好開心的重新笑了起來，亮著他招牌的電眼笑，他問：

『所以呢？妳眞的有男朋友了？』

「幹嘛？難以置信嗎？」

『不會啊，妳從以前就很多人追啊。』

「對啦對啦，很多學妹追啦。」

然後他抱著肚子笑到快脫肛的樣子，終於是笑夠了之後，他又重複了一句：『哇靠！講話還是這麼辣！過癮啦！』接著我殺氣很重的扳了扳手指頭，而他一點害怕也沒有的繼續問：『是林庭羽嗎？』

「啊？」

這欠揍的問題問得我立刻忘了要扳手指頭熱身好把他揍成個百葉豆腐好午餐

加菜吃。

『所以不是囉？』

「怎麼可能是啦！你欠揍喔。」

欠揍無所謂的聳聳肩，然後一點自尊困擾也沒有的嘻嘻笑。

望著這欠揍的嘻皮笑臉，雖然我自己也覺得多問無益，但不知怎麼的、就還是很想問問他，於是我就問了：

「喂！我問你，以前我們交往時，你會討厭林庭羽嗎？」

『幹嘛問？』

「因爲我只跟你交往過，所以這問題只能問你呀！欠揍！」

然後這欠揍又哈哈哈的抱著肚子大笑起來，眞的是、沒見過這麼熱愛被揍的傢伙。

終於笑夠了之後，欠揍更正：

『不是啦，我是問妳、幹嘛問這個問題？』

想了想，我決定據實以告：
「因爲我男朋友好像很討厭林庭羽。」
『他們見過面？』
「沒有啊，就是這樣才奇怪。」
『喔……那會怎樣嗎？反正他們又不會見面，討厭又怎樣？』
「就、不舒服嘛，我的男友討厭我最好的朋友，這光想就討厭。」
『會嗎？』
終於忍無可忍的揍了他一拳之後，我問：
「所以咧？你到底討不討厭庭羽嘛、我們交往時？」
簡直是樂開懷的揉著自己胸口，這欠揍才終於肯正經的回答：
『討厭是不至於啦，但會介意是眞的。』
「爲何？」
『因爲光想到我們搞不好會當表兄弟就很不舒服啊。』

「什麼意思表兄弟？」

『哎～～妳不懂啦。』

「什麼意思啦、到底？」

有夠故意的、這欠揍堅持不解釋表兄弟是啥意思，倒是難得給了個中用的建議：

『我覺得他只是那種屬於不相信男女之間有純友誼的人啦。』

「此話怎講？」

『妳相信男女之間有純友誼？』

「沒道理不信啊，因爲我和林庭羽就是啊。」

『那我和那瘋女人？嗯？』

這倒是，他們本來也只是好朋友，直到有天這欠揍認爲他不該再只是色瞇瞇的盯著她大腿而是理直氣壯的摸她大腿之後。

『所以咧？妳男朋友到底是誰啊？』

「午餐時他會來啦，待會你就可以見到他本尊。」

『來幹嘛？』

「來午餐。」

『有錢人？』

「是有錢。」

『眞不賴。』

「還不賴。」

『他欠林爸幾條腿了？』

「干你屁事！」

扯開喉嚨、我吼他，而不意外的、這欠揍又樂開懷的哈哈大笑。

『總之呢，如果他眞的很介意林庭羽而妳又眞的很在乎他的話，我建議妳可能要修正一下，不要再和林庭羽那麼親密比較好。』

最後，這欠揍人模人樣的由衷說道。

第十章

結果欠揍說的眞是一點也沒有錯。

書豪不但是打著不信任男女之間眞有純友誼的人，他甚至連我和前男友在同個餐廳工作的這件事情都很介意；不確定是不是因爲我誠實的告訴書豪、這欠揍的傢伙就是我的前男友，而我和欠揍的互動又太哥兒們似的嘻嘻哈哈完全不像分手之後我曾經宣稱要殺了他那樣。

我只是一直揍他而已。

這天，在空班的誠品咖啡裡，書豪突然興致勃勃的提議：

『嘿！我們來開一家自己的咖啡館吧。』

「我們的咖啡館？」

『嗯呀，我和妳，書豪和庭羽，我們的咖啡館。』

「可是我沒錢耶。」

而且一個月只有三千塊零用錢。本來是想順便這麼提一下的，不過不知道爲什麼我還是沒有勇氣。

『沒關係，反正我出資。』

「可是——」

打斷我，書豪說：

『而且我本來就打算弄一間自己的咖啡館，現在時機成熟了，何不就打鐵趁熱呢？』

「可是我的工作怎麼辦？」

『就辭掉呀。』

他說得理所當然，但問題是我怎麼跟林太交代？

『反正同樣都是在餐廳工作，這有差別嗎？能自己當主人不是更好嗎？』

「可是——」

又打斷我，書豪繼續慫恿著：

『這樣吧，我付妳兩倍薪水，如何？』

「這樣怪怪的。」

『怎麼會？我覺得很好啊，妳又不是白拿薪水，妳可是要陪著我到處找店面煩開店的事，到時候會有一堆的雜事要處理，坦白說兩倍薪水我還覺得是佔妳便宜呢。』

然後我就心動了。

說真的每天不必再站九個小時站得我腿痠，也不必端重盤子端得我手痛，卻只要開車兜風看店面就能有兩倍薪水，瘋了我才拒絕吧？而且我還可以很狡猾的只跟林太申報1.5倍的薪水，如此一來我的私房錢就不用龜速成長的氣死人，這又是何樂而不爲呢？

我想書豪說得眞對！

於是當天下班回家之後，我左腳才踏進客廳、而右腳還擱在門外時，就立刻迫不及待的對著攤在沙發上隨著全民開講罵政治的林家二老宣佈這個好消息：

「我要換工作！」

『好端端的換什麼工作？』

連頭也沒抬的，林太就頂了這麼一句話過來。

「因爲有更好的工作挖角我！」

『那騙人的啦。』

連頭也沒抬的，林爸就回了這麼一句話過來。

實在是氣不過的，我反問：

「喂喂、你們兩個！連聽也沒聽就知道是騙人的？」

『就是連聽也不用聽就知道是騙人的啦。』

『瞧妳這笨模笨樣的，要不是因爲我就是妳老爸，否則我可也眞想騙妳一騙咧！』

『哈～～』

嘖！又唱起雙簧來、這兩個老傢伙！

「算了！我不講了。」

『好啦，那妳倒是說來聽聽啦。』

然後我就好開心的把在心底排練過不下十次的說詞給說了：

「就是呀，我們餐廳有個常客超欣賞我的專業和服務，所以有夠大方的用1.5倍的薪水要挖角我幫他計畫開店的事，1.5倍喲、你們給我聽好了！怎麼樣、很棒吧？我果眞是個人才！」

『這一聽就騙人的啦。』

有夠食古不化的，林爸又重複了一次。

『他只是想泡妳、在找話聊而已啦。』

終於轉頭看了我一眼，林太說。

對！他確實是想泡我，而且妳猜怎麼著？他已經泡到我了現在還是我男朋友而且還送了支智慧型手機已經用了一個月了你們都還沒發現，怎麼樣怎麼樣怎麼樣！哈哈～～

在心底自我得意了這麼一堆之後，我回過神來，才發現這兩個老傢伙還在繼續恩愛唱雙簧：

『妳猜那常客是男的還女的？』

『這還用猜嗎？我用鼻頭粉刺想也知道是女的，哈～～』

『哈～～我老婆好幽默哦！來！親一個！』

『啾～』

吼～～眞是夠了！

「喂！你們兩個！現在到底是怎樣！」

『不行呀。』

『我反對。』

「爲什麼？」

『不用爲什麼，反對就是反對。』

『因爲這一聽就知道是騙人的。』

『而且妳現在工作好好幹嘛換？離家近、老闆好，同事讚，好端端的幹嘛換？』

「你們——」

叮咚。

唔……糟了個糕，我包包裡的手機好像忘了關網路，而此時還該死的發出個大事不妙的叮咚聲。

『那什麼聲音？』

簡直像是要把女兒我給生吞活剝似的，林太扭頭目露凶光的瞪著我，問。

『沒有呀，什麼聲音？』

『明明就有！是手機嗎？妳什麼時候給我換手機了？我在工廠裡聽過那些年輕人的手機成天叮咚叮咚響！』

「沒、沒有啦，是我下午空班去買的新鬧鐘啦。」死命的把包包抱在懷裡，我決定管他去死溜之大吉：「不管啦！反正我要換工作！」

『敢換妳給我試看看！』

背後，這兩個老人家還異口同聲吼來這麼一句。

眞是氣死人的兩個老頑固！

心煩意亂的在房間裡我走過來又走過去，最後我決定再這樣走下去也不是辦法，於是乾脆拿起手機LINE給那個我早在第一天拿到手機時就想LINE給他的號碼。

——妳終於去下載電腦版的LINE了喔。

跟逸婷的反應一模一樣、這傢伙。

——沒有啦，我男朋友送手機給我。

——喔！

有夠冷淡的反應。

林庭羽聽起來好像還在跟我嘔氣的感覺，於是我試圖想要暖暖氣氛於是多此一舉的解釋：

——因爲我怕我媽他們此刻正把耳朵貼在牆壁上偷聽，所以就LINE給你，而且還很聰明的記得先把音效關了掉。

——什麼事怕他們偷聽？

於是我就把張書豪提議開店的事告訴林庭羽，順便還補充了剛剛沒告訴林家二老、其實我早已經先斬後奏的在下午就遞了辭呈；而聽完之後，林庭羽的反應是直接來了電話：

『反正妳自己都已經決定了，幹嘛還要問我意見？』

「因爲……我總是會覺得不安啊，都沒有人支持我的感覺很差耶。」

『妳也知道不安就好。』

「你什麼意思？」

『就妳剛剛聽到的那個意思。』

索性把話給說破了，我直接了當的問林庭羽：

「你幹嘛那麼討厭張書豪啊？」

『因爲他讓妳變得好像只是個任他擺佈的聽話寵物。』

任他擺佈的聽話寵物?!

「有必要講這麼難聽嗎？」

『在我聽來是這樣沒錯啊，怎樣、我現在連實話都不能說了嗎？』

「林庭羽，我不是打來跟你吵架的喔！」

整個肝火也上來的，林庭羽也強硬的說：

『林庭羽！如果他是眞的喜歡妳的話，就應該要接受妳本來的樣子，而不是一而再再而三的否定妳的這個否定妳的那個，而且還要妳變成他想要的樣子！』

「他又沒有否定我！他只是買了我一直就好想要的手機送我然後提議我們一起開店這樣而已啊！」

『他連工作都要妳辭掉了，這還叫作沒有否定妳？』

「是我接受他的提議，又不是他叫我辭掉工作！」

『妳居然還在替他講話！』

林庭羽說，然後就掛了電話。

這是第一次，我開始覺得林庭羽很討厭。

第十一章

『妳整個人未免也太好控制了吧？』

在早上的誠品咖啡裡，當逸婷了解完爲什麼這時間我是坐在這裡喝咖啡殺時間卻不是在餐廳裡辛苦端盤子擦桌子爲的只是假裝還上班以矇騙林家二老之後，這是逸婷開口的第一句話，而口氣是驚呼，順便還翻了翻美美的白眼。

「拜託別再囉嗦下去，我昨天才因爲這樣和林庭羽吵架。」

『喲？這可眞是新聞了。』

奇怪的是，逸婷好像對這新聞更感興趣似的，她瞬間收起表情，立刻換成是八卦臉，超八卦的這女人興奮的要求我一字不漏的說明兩個庭羽大吵架的前後經過；於是把手邊的熱咖啡一口氣喝個完之後，立刻我就一字不漏的說明和林庭羽吵架的前後經過，說著說著我還眞是打從心底同意逸婷稍早說的那句話：我整個人未免也太好控制了吧？

「把我說成是個聽話的寵物，這話未免也太過分了吧？」越說越氣、眞的是。「哪有人會把好朋友講成這樣難聽的啦！」

『庭羽會這樣講也是爲妳好啦。』

本來我以爲逸婷會接上的是這句話，或許我希望的就是她接上這句話，然後我就會嘴上嘟囔幾句但心底卻大大同意，接著或許就立刻打通電話或者傳通簡訊……

但是結果她沒有，結果逸婷說的是：

『男人呀，懂什麼！』

「嘩～～」

立刻我又被轉移了注意力，因爲說這話時的逸婷整個人看起來簡直比我還要帥！

『當女人跟男人抱怨的時候，需要的只是一句：我懂。然後大大的安慰、用力的支持、最好還陪著我們海罵幾句嗯哼嗯哼。』

「同意同意。」

『男人根本就不懂嘛！一個個笨得跟腳趾甲一樣！當我們跟他們抱怨的時候，壓根想要得到的反應就不是被說教被指責而且還加上一句：這其實是妳不對！』又翻了翻白眼，又美又帥氣的白眼，『每當那個時候，我總後悔早知道就跟我的腳趾甲抱怨去還來得有意義一點。』

「再同意不過！」

『所以嘛，我說男人懂什麼嘛！自以爲是得要命！比腳趾甲還不如！』

「說得好！好極了！」本來是想學逸婷好帥氣的翻翻白眼，結果卻發現我翻起白眼來不但完全不會帥、而且還活像是在點隱形的眼藥水，嘖！「只是有個問題是，我們不是同年紀嗎？爲什麼妳卻比我還懂這麼多？」

『因爲我們實際上雖然是同年紀，但精神上我的戀愛年紀可遠遠超過妳好幾年。』

「哼。」

『好啦不跟妳扯了，我要走了。』

「咦？這麼早？爲什麼？」

『有事啊，確定之後再跟妳說，嘻嘻～』

「不要啦！再陪我多坐一下下嘛！書豪要中午才會過來耶。」

『爲什麼是中午？』

「因爲他都睡到中午才會醒。」

『眞好命。』嘴裡雖然這麼說，但逸婷還是開始迅速的收起包包來，『眞可惜我待會的約爽不得，下次再一起喝咖啡罵腳趾甲吧，呵呵。』

「喔。」

『好好享受一個人的時光吧。』

「可是我現在很討厭一個人。」

自從和林庭羽疏遠之後，不知道爲什麼一個人就變得讓我很難受。

『那不然就溜回家去補個眠啊，以前妳工作的時候不是老嚷嚷著都睡不夠？』

「好。」

結果逸婷走了之後沒多久跟著我也離開，只是我並非如她所說的趁林家二老出門工作時溜回家去偷睡覺，卻是超無聊的晃到餐廳找人聊天去。

『昨天才幫妳辦完歡送會，今天又過來幹嘛？』

左腳我才踏進餐廳、連右腳都還沒踏穩時，眼尖的店長就立刻得理不饒人的殺來這句話。

『就說她根本只是假藉離職名義實則騙吃騙喝。』

等我右腳踏穩之後，資深的同事也立刻補上這麼一句。

『看來她八成只是捨不得離開我。』接下來，欠揍也得意洋洋的說，『你們應該還記得，當年我們交往時她眞的是愛我愛到上輩子去了。』

『沒錯，那陣子她每次來打工時每天都把我們架在她腋下硬是逼我們聽她的風花雪月。』

然後，另一個資深同事又搭腔，於是，我二話不說的分別給了他們兩記拐子，精采又精準的拐子，痛得他倆是唉唉叫，樂得我們是滿堂笑。

哈！

就這麼一邊當免費義工幫他們悠哉悠哉準備開店前的餐桌擺設、一邊瞎聊天殺時間之後，等到第一位客人上門時我就曉得這也該是我滾人的時候了，哎～～

『不用急著走沒關係呀，換上制服就行啦。』

店長說。

『要去趕場喔？』

欠揍問。

『對啦，煩。』

『怎麼搞的現在沒工作妳反而更忙啦？』

忙個屁！我簡直空虛死了。

我是很想這麼說的，不過結果我說的是：

「誰說我沒工作啦？我現在的身分可是未來咖啡館的老闆娘耶。」

『是老闆還老闆娘？』

我用拐子回答欠揍。

在離開餐廳回到誠品咖啡繼續我今天第二杯咖啡時，我滿腦子只感傷一件事：會不會我和庭羽的紀錄就停在508拐呢？

哎～～

雖然已經是刻意放慢速度喝我的第二杯咖啡了，可不曉得怎麼搞的時間就是過得特別慢，當我起身去櫃檯準備點第三杯飲料時，書豪終於到了。

『嘿！妳怎麼這麼早就來了？』

「喔，對呀。」

看著我手中的巧克力，書豪笑著問：『怎麼不喝咖啡了？』

「因爲我已經喝過了。」

『嗯？』

於是我把林家二老固執又難溝通的事說給書豪聽，不過我刻意省略和林庭羽的吵架以及早上跑去餐廳找他們瞎聊天的事，因爲我知道書豪不喜歡我沒事就提起林庭羽，也討厭我和欠揍的互動，他不知道，所以我只好避而不提。

愛一個人就是應該要站在他的角度想，不是嗎？

「哪有這種爸媽的啦！居然阻擋女兒追求更進步的人生！」

『他們也是擔心妳。』

本來我以爲書豪會接著這麼說，可是他沒有，他只是溫柔的笑了笑，然後俯身親吻我臉頰。

——因爲他讓妳變得好像只是個任他擺佈的聽話寵物。

當書豪柔軟的嘴唇碰到我的臉頰時，不知道爲什麼，林庭羽的這句話再度又飄進我耳膜，而且感覺還具體了起來；大概是太遲鈍了的關係吧，因爲此時此刻的我才感覺到受傷的掉下眼淚。

『怎麼了？』

於是一邊掉著眼淚，一邊我終於還是把悶在心底和林庭羽的這爭吵說給書豪聽，包括他指責我活像個聽話的寵物這件事。

沉靜的聽完之後，書豪並沒有評論什麼，相反的，他再度走出這大樓抽菸，再度他帶著渾身的菸臭味回到我身邊，唯一不再度的是，這次他的表情是開心，我不懂爲什麼我和庭羽的爭吵反而讓他開心，他難道不認爲和最好的朋友吵架是件令人受傷的事情嗎？

『嘿！我們去旅行吧？』

開開心心的，書豪說。

「咦？」

『妳看起來壓力太大了，可能是突然離開熟悉的工作環境讓妳一下子適應不過來的關係吧！所以我想帶妳去旅行散散心，妳覺得如何？』

我覺得好體貼。

開開心心的我瞬間把這心底的烏煙瘴氣一股腦拋到九霄雲外，開開心心的我提議：

「那我們去動物園好不好？」

『動物園？』

「對啊！我一直就好想再去看貓熊哦！團團圓圓剛到台灣的那一年我們就有去看過！後來每年每年我們都會固定去看看牠們，就像個老朋友那樣。」這話我只放在心底這麼對自己說。「我今年都還沒有去看牠……」

『可是我很討厭動物園。』

「爲什麼？」

『因爲我覺得動物園很臭。』

「喔。」

『妳難道不想去遠一點的地方嗎？畢竟這是我們第一次的旅行哪。』

「說的也是呢，哈、哈哈。」

天哪！林庭羽妳這笨蛋！是約會又不是遠足妳提議個什麼鬼動物園！笨死了！

哎～～

『去泡溫泉如何？其實這種春末夏初的季節去泡溫泉才是王道。』

「溫泉？」

溫泉之於我大概就像是動物園之於書豪吧！只要一想到全身脫光光和一群歐巴桑泡在同一個溫泉池裡我就忍不住的頭皮發麻！而且更掃興的是，極有可能我才要走進女湯時就被櫃檯的阿桑擋下：『喂！男湯在對面啦！』這樣。

光想就討厭。

「我……唔……不太習慣和一群歐巴桑泡溫泉耶。」

『嗯？』

「因爲打從我認識我媽開始，她的身材就一直比我還要好，這件事讓我心理創傷很深，她今年都已經快五十了，可是我們一起走在路上被男人頻頻吹口哨卻是她而不是正值花樣年華的女兒我，哎～～」

然後書豪就笑了，抱著肚子的那種笑法，眞的是、沒禮貌！

像是終於笑夠了之後，書豪正經了表情，好深情的問：

『那、如果是情人湯屋呢？』

「啊？」

『就是只有我和妳，還有漂在溫泉池上的玫瑰花瓣、或許。』

「呃……」

我的表情想必是很尷尬吧，因爲接著我尷尬的看著書豪也尷尬了起來，就這麼你尷尬我尷尬的尷尬到不行時，像是爲了轉移這太尷尬的氣氛，書豪很不自在的伸了個誇張大懶腰，然後：

『每天每天的都醒在這都市叢林裡，眞的是很想離開它幾天哪。』

幾天?!

第十二章

找了家擺有電視的喫茶館，我把休假的泡泡找出來吃晚餐兼陪我看球賽轉播，然後我深刻的明白一件事：其實沒有林庭羽這個朋友，對我而言根本就沒有差別！

「哇靠！陳金鋒上場耶！該死！今天沒進球場眞天殺的損失！」

『陳金鋒？哪個好貨色？』

「右外野那個壯漢，剛把球長傳回本壘差點觸殺跑者那個。」

『哎喲喲～～瞧瞧那好臂力！看得人家眞想要掛在他手臂上撒嬌喲～～』

「泡泡……小聲點，大家都在瞪你。」

『愛瞪就去瞪，欸欸欸，這小可口是gay嗎？』

「人家結婚當爸了啦。」

『哎～～這世界根本就不公平！身爲同志最賭爛的不是走在路上被指指點點，卻是難得遇到這種好貨色他卻是異性戀！人家不依啦～～』

「泡泡……咳！在外面不要這樣踢腿。」還有：「你這樣公然而且還很大聲的把國民英雄拿來當性幻想對象可能會惹惱陳金鋒的粉絲。」

就好比現場店內正狠狠瞪著我們的所有人，而且還包括老闆在內，我甚至覺得他幾乎要進廚房去拿菜刀了。

『那又怎樣嘛！』扭頭回瞪那些人，泡泡繼續：『欸欸庭羽，如果泡泡我假裝只剩三個月可以活的話，會不會騙到陳金鋒抱我一分鐘？』

「泡、泡泡……小、小聲點啦。」

『啊那些電視不是都這樣演的！不管啦！人家好想抱他一下哦！不然泡泡我死不瞑目啦！』

沒辦法，我只好轉移轉移泡泡的注意力：

「喂！去拿報紙過來啦，蘋果哦！」

『喔。』

結果不拿還好，一拿蘋果日報回到座位之後，這下子就是連我都快要被趕出這喫茶館了。

「該死！今天有陳金鋒的照片耶！可惡！蘋果是不是只賣到六點？完蛋！來不及了啦！」

眼珠子幾乎快掉到報紙上陳金鋒的照片、我激動，這下子我開始覺得泡泡那只剩三個月可以活的戲碼是個好主意。

『我看我看。』搶過體育版一看，結果泡泡吼得比我還震耳欲聾：『啊～～泡泡我受不了啦！他就是我的菜！瞧瞧那大腿的肌肉線條……嘖嘖嘖，他如果不是gay我就咬舌自盡！』

「你要是再吃陳金鋒豆腐，我就先殺光你全家而且誅九族最後再咬舌自盡！」

一點害怕也沒有的，泡泡繼續痴心妄想著：

「哦……太過分了！這個陳金鋒我要騙說我只剩三天可以活，還帶了記者過去看他抱是不抱我！」

「剛某人不是說只剩三個月？怎麼又變三天？」

『因爲三天聽起來比三個月可憐；而且只剩三天可以活，他應該就會抱我比較久一點搞不好還願意讓我捏兩把。』

「你敢碰他、我就打斷你肋骨！」

『好呀，能抱到陳金鋒的話，泡泡我的肋骨給妳打沒關係。』

「你！」

『喂！你們兩個，不看球賽的話就安靜好嗎？』

唔……這下子就是連老闆都不高興了。

結果我們只好整個很掃興的草草吃完餐然後趁著被圍毆之前離開這地方，而且泡泡還好夠義氣的幫我偷偷把體育版折好塞進包包裡帶走。

哈！

走在微涼的街上，終於冷靜下來的泡泡這才想起了似的問我：

『對了，庭羽妳現在怎麼不用上班？』

「因爲有人出兩倍薪水聘請我，而且每天的工作就是開車兜風找店面就好了喲。」

『哇靠！有這麼好康的事爲什麼庭羽看起來卻不開心？』

「我看起來不開心嗎？」

『超不開心的啦！怎麼了？失戀？』

「呸呸哪，老娘正在熱戀中，少唱衰我。」

『誰誰誰？』

「就出兩倍薪水挖角我的那個人。」

『妳老闆？』

「我男——對啦，我男朋友兼我老闆。」

嘖，這話怎麼聽起來亂奇怪一把的。

『嘖嘖嘖，花男朋友的錢是全天下最開心的事情了！』

「你眞是寡廉鮮恥耶，還好你不是林家的小孩。」

『說得好！還好我不是妳家的小孩，否則這會我連gay都不能自在當！』有夠得意的笑了起來，接著泡泡卻又把話題帶回最初：『爲什麼庭羽看起來卻這麼不快樂？性生活不黑皮？』

「眞的想被我打斷肋骨嗎你？」

『嘖嘖嘖，看起來是眞的不黑皮沒錯。』

「去死啦！我們又還沒到那裡。」

『三壘？』

「kiss。」

『多久？』

「兩個月差不多。」

『兩個月連妳穿什麼內褲都不知道，這傢伙有問題！不是短槍俠就是六點半！』

「短槍俠？六點半？」

湊近我耳邊，泡泡解釋了一下這兩者爲何，然後我就當街動手把泡泡當沙包打。

『好痛好痛我道歉啦！』

「哼！」

好久沒動粗了，難怪我最近老是腰痠背痛的，哈！

『所以庭羽到底什麼事不開心啊？』

「我看起來眞的有這麼不開心嗎？」

『滿分十分的話，庭羽妳已經差不多九分了。』

因爲每天都要說謊我不開心，因爲不能再每天和餐廳的同事們瞎聊天講客人壞話我不開心，因爲庭羽已經好久沒打電話給我了我不開心，因爲——

「喂、泡泡，我問你，當你很喜歡一個男生的時候，會和對方想要有親密接觸，正常來講是這樣子的對吧？」

『當對方是妳男朋友的時候？』

「沒錯。」

『豈只是親密接觸，我每見一次面就扒光他一次否則泡泡換人當！』

「色胚。」

『我是。』

哼！

「可是很奇怪，只要一想到要和他過夜然後那個，我就不自覺的拒絕。」

『就說你們性生活不黑皮。』

然後我就開始扳手指關節了。

「敢再試圖聊我的性生活你小心再被我當沙包打！」

『好啦小的不敢啦。』

「嗯。」

『庭羽可能只是太害羞了啦。』

「怎麼可能！我可是還當著林庭羽的面換過衣服耶！」

『哦？』

「對呀，在他家，因爲可樂濺到我T恤所以借林庭羽的穿，在房間裡只叫他轉頭然後我就換衣服了，這樣我會害羞嗎？」

『這樣我會撲上去。』

卡啦卡啦～～

「我的手指關節又癢了，泡泡。」

『不是啦庭羽！我會撲的是另一個庭羽啦，妳知道、男生庭羽美得實在讓我心好癢，妳知道、有時候人家也是想要換換位置的。』

「他不是gay啦！色胚呀色胚你這傢伙！」

『那也好，否則他在圈子裡會踩到我的線，妳知道、我們同志圈已經夠小了，可不歡迎這種殺無赦的再來鯨吞我市場。』

「嘖。」

『我這樣問妳好了啦，當他親妳的時候妳覺得如何？』

「覺得我眞的是個女生耶！哇哈哈～～」

我說，然後好得意的仰天長笑。

『哎～～』

「實不相瞞有一次他親我耳垂時，我眞的忍不住笑了出來，當時眞的是超尷尬的。」

『因為很癢嗎？』

「倒不是，只是單純的覺得很好笑。」

又嘆了口氣，泡泡再接再厲：

『也可能庭羽妳只是還沒試過所以不懂那箇中滋味的美妙然後才會害怕，妳曉得、當泡泡我第一次領悟之後，接下來就宛如脫韁野馬——』

卡啦卡啦～～

「你敢再試圖聊自己的性生活就小心我揍到你宛如脫韁沙包！」

『好啦好啦，討厭！』好失望的嘆了口氣，泡泡又說：『反正呀，我建議庭羽妳盡早把它處理掉啦！』

「它？」

『妳會把我當沙包打的那種它。』

「喔。」

『反正早晚是要處理掉的。』

「可是我對他就是很奇怪的沒有想要那個耶，而且光想就覺得不自在。」

『不自在？』

「嗯，不自在，不只是當他提議要過夜或旅行的時候，就是連說話都覺得很不自在，常常跟他講話的時候我都會不知不覺就自己默默消音了。」

『爲什麼？』

「因爲覺得我好像自己很無聊的樣子，可是那些話林庭羽明明就聽得哈哈大笑。」

『那可能只是庭羽笑點比較低啦。』

「可是欠揍也覺得很好笑啊。」

『欠揍？』

「我前男友，我叫他欠揍。」

這話泡泡想了想，然後無解的聳聳肩膀。

「還有就像是和你，隨隨便便輕輕鬆鬆就可以說上一整天沒問題，完全不用擔心我說了哪句話對方會不會接話啦、我說了什麼好看對方會不會點頭啦……諸如此類的。」

『小心喲庭羽！男人是不會乖乖等的。』

「……」

『聽泡泡我的話總沒錯！』

「可是我又不能過夜。」

『幹嘛一定要過夜？下午的話更正點我告訴妳！我那次呀就偷溜出去結果夭壽的從休息延長賽到過夜——』

卡啦卡啦~~

「手指關節，泡泡、你懂我意思。」

『好啦好啦掃興鬼。』低頭看了看手錶，『我轟趴時間快到了，今天就先醬囉。』

「喔。」

『有進度的話要告訴泡泡我喔。』

「好呀。」

『掰伊~~』

等一下！有個什麼不對勁。

「喂！把蘋果日報拿出來！」

『討厭啦~~還以爲妳忘記了。』

少妄想我會忘記心愛的陳金鋒！哼！

「小氣鬼！再見！」

等一下！還是有個什麼不對勁。

「喂！你不送我回家嗎？」

『我又不是妳男朋友，幹嘛要送妳回家？』

「可是林庭羽都會送我回家啊。」

『妳家在哪？』

我說了我家地址，結果泡泡的眼珠子差點沒翻到北京去。

『遠死了！那白痴居然還傻傻的送妳回家！又不是自己女朋友幹嘛還這麼白費力氣和時間。』

「因爲我們是好朋友啊。」

『好朋友個屁啦！同性之間都沒可能有純友誼了更何況還異性！』

最後，泡泡這麼說，而且，還眞的自己去跑趴沒送我回家。

可惡！

第十三章

男人是不會乖乖等的。

男人是不會乖乖等的。

男人是不會乖乖等的。

泡泡的這句話就像隻討厭的蒼蠅一樣在我耳邊嗡嗡嗡，嗡嗡嗡的吵死人。

當我們在餐廳時、書豪對著服務生禮貌微笑時，嗡嗡嗡；當我們過馬路時、眼前走來超短裙辣妹時，嗡嗡嗡；鄰座女孩穿低胸而且還是海咪咪時，嗡嗡嗡。

而嗡到破表的這天，是因爲這女人的出現。

這天，我連第一份兩倍薪水都還沒領到的這天，我們的咖啡館就已經呼之欲出了，因爲書豪很有效率的找好了店面簽好了約下訂裝潢而且連我們咖啡館要用哪一家的面紙都決定好了；也是因爲這樣，我終於可以理解爲什麼書豪每天只是悠哉悠哉的海泡誠品咖啡，卻依舊有一大把人找上門而且還捧著銀子求他幫忙規劃開店，因爲書豪的眼光不但獨到，而且下手更是既快又狠且準。

記得在相識之初，書豪曾經說過人生就是一種妥協，不過身爲有錢雅痞族的他、自己倒是從不這麼身體力行；書豪不但堅持我們的咖啡館要賣最道地的義大利麵，使用最高檔的餐具，就是連咖啡豆都堅持是要原裝進口的，不夠新鮮的他還不要。

「這樣不會很貴嗎？」

『我就是要貴！』書豪說，然後燃起一根香菸，『這叫以價制量，我不要我的咖啡館什麼人都以爲自己可以走進來坐下來，我要的是金字塔頂端的客源，他們才是值得投資的好客人。』

「喔。」

那我爸媽和我朋友大概沒辦法來了，我心想，但我沒說。

這天，書豪約了他的好朋友商談咖啡豆的進口；朋友，女的朋友，氣質高雅得活像富家千金的那種女的好朋友，上流party最風頭的那種社交名媛；朋友，女的好朋友，鎖骨間閃亮亮的鑽石是林媽做一輩子工也買不起的那種，手上的限量款包包是林爸看幾眼就心酸幾次的那種；朋友，女的好朋友，嗡嗡嗡，嗡到破表的那種。

破表有個好千金的名字，但我寧願直呼她爲破表就可以，因爲我很幼稚，不知道從什麼時候開始，我發現其實我很幼稚，我以爲從來不會覺得自己幼稚，因爲我身邊的人都跟我一樣幼稚。

嗡嗡嗡。

破表的職業是經手上好的咖啡豆賣到上好的咖啡館，在口袋飽飽之餘還好氣派的被尊稱爲專家，而且商談的地點不會選在誠品咖啡卻是一杯就要價五百而且還收服務費而且不給續杯的那種；這些上流社會的人老是這種調調，總是理所當然的飽了荷包還贏了面子，最討厭的是他們還一副本來就應該是這樣子的姿態。眞不爽。

如果要給那種人一個稱呼的話，那應該會是咖啡評論家，或年輕點的說法：咖啡達人；這就和每天被請上電視口沫橫飛批評政治的專家或者說是評論家一樣，這些不搞政治卻又靠罵政治上節目拿通告費的人，通常就被尊成爲政治觀察家；換個民生一點的說法是，這就和老是在報章雜誌上批評哪部商業電影太狗血、哪部藝術電影又太抽象，這些自己不拍電影又嫌別人不會拍電影的人，通常就被尊稱爲影評人。

世界上就是有這些好命的人，我眞是沒想到我的生活裡開始要塞滿這些好命的人了。

而其實我更沒想到的是，這破表居然還是書豪在台灣唯一的好朋友，因為書豪的朋友要不都移民去了、要不就都在國外工作，只剩下她，這個看起來和書豪好相稱的女人。

嗡嗡嗡。

『這是我女朋友。』

這是書豪開口的第一句話，然後親密的摟了摟我的肩膀，不知道為什麼，在那個當下我突然覺得很不自在，我想那大概是因為我看見破表的表情僵了一下，不太明顯的。

這是第一次我討厭自己像個小女人。

很快的整理好表情，破表接著很專業的微笑，然後伸出細白柔嫩的手遞來一張好質感的名片。

老天爺，為什麼同樣的水晶指甲在逸婷手上是湊熱鬧，在她手上卻成了品味呢？

『妳好。』

連聲音都這麼細細柔柔的是怎樣呢？

「妳好。」

我也說，但其實我心情很不好，因爲我幾乎可以想像我現在臉上的笑容一定假得很醜！

『妳好年輕哪。』

「欸。」

是不是在暗示我穿著很沒有品味呢？早知道今天是要來這麼貴裡貴氣的餐廳談生意，我就不該還是T恤牛仔褲的！該死！可是除了T恤牛仔褲之外我還有其他的衣服嗎？洋裝呢？不！中性人穿洋裝能看嗎？

爲什麼明明是相同的高度，但這破表穿起洋裝來就整個很有女人味呢？

天哪，我眞的覺得我不該和她坐在同張桌子上卻是站到她後面幫她拿包包掛大衣還問她本餐廳的咖啡及格不及格？

回過神來，我聽見書豪繼續同她聊著天，而我在他們的話題裡，卻不在他們的視線裡。

『……她今年才二十三歲，我們交往快三個月了。』

看著書豪，我看見他眼神裡的驕傲。

『……這是我們的咖啡館，她上個月才爲此辭了工作，現在正專心的陪我規劃開店，她會是個很好的咖啡館老闆娘，我們的咖啡館。』

書豪眼裡的驕傲，我覺得他驕傲的不是我這個人。

『……等忙完一個段落之後，在正式開幕之前我想帶她出國去度個假，馬爾地夫不賴吧？還是峇里島好呢？』

她！對！讓書豪驕傲的不是我卻是她！在他眼中，女朋友是我不是她！

望著她眼中隱隱流動的情緒壓抑，我以爲我這麼說了：

「我明白了！你們曾經交往過，對吧？而今天書豪帶我來見妳，根本不是爲了什麼鬼咖啡豆而只是炫耀！炫耀我這個戰利品！聽話的寵物！」

可是我沒有，我只是起身，然後說：

「我肚子不舒服，先走。」

『庭羽？』

書豪握著我的手，但我甩開他，我走。

『當女朋友被氣跑的時候，你就應該要追上，別再重蹈覆轍了，小書。』

破表的話細細的在我身後響起，轉頭，我看見她拿出香菸，和書豪一樣的香菸。

他們抽一樣的菸，他們有相同的優雅；他們是同個世界的人，喝同樣的昂貴咖啡，穿同樣的奢侈品牌，抽同樣進口菸，而我，則好像是個局外人，突然誤闖鏡頭的路人甲。

誤闖鏡頭的路人甲此刻是偶像劇裡熱愛的男女主角追逐橋段，在街角，書豪追上我，拉住我，問：

『妳怎麼啦？』

「我不舒服。」

『哪裡不舒服？』

「咖啡太貴喝得我胃不舒服！」

『別鬧了庭羽，那是工作，什麼工作就該在什麼場合。』

「那你當我請假扣我薪水這總行了吧！」

鐵青著臉，書豪低吼：

『庭羽！』

「她是不是你女朋友？」

『妳才是我女朋友不是嗎？如果我沒記錯的話。』

「同樣的問題不要讓我問第二次！」

『前女友。』

別過臉，書豪回答。

「你把我當成什麼了是嗎？拿來向前女友炫耀新戀情的戰利品？」

『爲什麼要講得這麼難聽？』

「因爲我現在很難過！」

『妳都可以和前男友一起工作，爲什麼我和前女友談個生意就不行？而且妳也在場不是嗎？』

「因爲你是故意的。」

『我爲什麼要故意？』

「因爲你還在乎她！」

『別說得好像妳比我還了解我自己。』

「對！我是不了解你！我不知道你爲什麼愛上我！我不知道你是不是愛著我！我甚至懷疑自己只是你拿來激回前女友的工具！」

『妳為什麼要對自己這麼沒自信？』

然後我就哭了，在街角，我哭泣。

眞是夠偶像劇的，眞是夠了！

「我本來是很有自信的，在我的世界裡，和庭羽和逸婷和我的家人我的同事，很有自信的，我們都沒有錢，可是我們很快樂，我們的世界很小，可是就足夠了；我從來不用問他們愛不愛我？為什麼要愛我？因為我就是知道我們彼此相愛，因為眞正的愛是不用問的。」

我本來是很有自信的。

「可是遇見你，愛上你之後，我的世界大了，我越來越沒有自信，我覺得我是個怪胎，我沒有智慧型手機，我的零用錢只有三千塊一個月，我的衣服都是在五分埔買的，最貴的八百九，我還猶豫了三天才買，手上的Tiffany是仿的，家裡的車就是你嘲笑沒有想像力的Altis，因為我爸就是計程車司機！而且他晚上還不開車載客，因爲他覺得家人比賺錢重要！可是我都不敢告訴你，我覺得你會笑，我心想你應該是不會笑，可是我就是怕你會笑。」

因爲我變得很沒有自信，在你的世界裡，我覺得我好渺小，我總是很不自在。

「我一直告訴自己我想太多，我只是需要一點點時間適應，可是今天，我看見你和她，你們是那麼的登對，在那坑錢餐廳裡顯得那麼自在，我覺得自己好像是個寒酸的小助理，連服務生穿的都比我還高貴！我討厭這樣，眞的很討厭，如果你只是想要個炫耀的戰利品，你爲什麼不去找一個體面一點、女人一點、氣質一點的？起碼這樣可以說服她！」

『我爲什麼要說服她？』

「因爲你還在乎她！」

『我在乎她，我承認，因爲她傷害我很深，在妳看來我的世界很大，可是在她看來我卻太不長進，所以她不要我，她分手；而我想要證明沒有她我反而過得還更好！這點利用了妳，我很抱歉。』

「……」

『可是我現在愛的是妳，我就是喜歡這樣的妳，亂糟糟的頭髮，不世故卻純眞；如果有時候我不經意讓妳不自在，請原諒那是因為從小我的生長環境就那樣，那些人，那些價值觀，我會改，我願意改。』

把我擁進懷裡，書豪試著輕鬆的說：

『我早就看出來妳手上的Tiffany是仿的，所以我買了個眞的要送妳。』

望著書豪遞出的藍色小紙盒，我聽見他說：『生日快樂，這是我認識妳的第一個生日，我愛——』

我沒聽完那三個字，因為我立刻轉身拔腿狂奔。

完了，我居然忘記今天是我的生日，眞的完了。

林庭羽，準備被葬在老家後山吧妳！

第十四章

完了慘了該死了。

果眞當我急急忙忙趕到餐廳已經爲時已晚，而且還該死的剛好遇到林家二老手裡拎著打包好的餐盒鐵青著臉走出門口。

只消對眼的遙遙一望，我幾乎就可以想到這前後的經過。

沒忘記女兒生日的林家二老，數十年如一日的在女兒生日這天休假不工作、興致勃勃的穿上他們最騷包的衣服來到餐廳幫女兒過生日順便吃頓霸王餐。

『當年的今天哪，老娘可因爲妳而結結實實的痛了一頓喲！八個小時有沒有？』

『也忘了，反[illegible]從天黑生到天亮。所以這餐理應由女兒請客，對吧，老婆？』

每年的這天，這對話從沒[illegible]在我生日的這天，這也是爲什麼我們家會從這餐廳的老主顧變成是後來我乾脆就[illegible]這裡打工爾後還正式上班，因爲員工價有六折，而且重點是這裡的人眞的感覺好像[illegible]家人一樣，餐食美味又收費合理，正好合適有點小錢但卻又不是太有錢的我們林[illegible]

而今年的這天，林家二老照例是沒有缺席，把[illegible]兒生日牢牢記在心底，可身爲女兒的我，卻忘記，因爲我滿腦子只記得我們的咖[illegible]館今天有個大事得談；我們，沒有林家二老，當年狠狠痛了一頓、從天黑生到天[illegible]才把女兒給生下來的我爸媽。

『妳今天請假？』

來勢洶洶的、林太問，話裡有責備，責備的質疑；而[illegible]覺得很害怕，害怕的我只好順水推舟的點頭：

「嗯呀，我今天跟逸婷——」

話沒說完，媽媽的巴掌就落在我的臉頰，以前我不乖時她老捏著然後聲稱要殺了我的臉頰，她生給我的臉頰；而這是第一次，她打了個巴掌。

『林家家訓第一條是什麼？』

「對不起……」

『不可以說謊！就算妳殺了人，也不可以說謊！』

媽媽吼了過來。

雖然低著頭，但我還是可以聽見媽媽聲音裡的哽咽，和失望；當年我考上聽都沒聽過的大學時，她頂多只是消遣個沒完沒了，卻還不至於的，失望。

『他們說妳離職了，什麼時候的事？』

爸爸問。

「那天跟你們說要離職的隔天。」

『爲什麼要說謊？』

「因爲我怕你們不答應。」

『所以妳就說謊？』

「因爲我眞的很想跟他一起開咖啡館，我們的咖啡館。」

不歡迎窮人的那種，我心想。

『他是誰？』

「我男朋友。」

『妳！』

『就是那個付1.5倍薪水給妳的人？妳男朋友？』

我點頭。而且是兩倍，我心想。

『年紀輕輕的妳學人家給包養呀妳！』

「那是工作！」

『妳還給我頂嘴！』

『老婆——』

『不要碰我！』氣紅了眼眶的媽媽甩開爸爸的手，『既然那麼愛他，爲什麼不帶回家來介紹給我們認識？』

「因爲你們不准我交男朋友。」

我說，而其實我心底想的是：因爲我怕他會瞧不起我們家，我們家沒有裝冷氣，這點讓我很自卑，不，其實本來我並不自卑這個的，直到有次書豪無意間說他從不到沒有冷氣的地方之後，我開始意識到原來家裡沒裝冷氣是件該自卑的事情。

『老婆，有什麼事回家講嘛！給庭羽一點面子，大家都在看哪。』

『我不要一個會說謊的女兒。』

媽媽經過我身邊，然後丟下這麼一句話；本來我以爲媽媽經過我身邊的時候會再補上一巴掌的，可是她沒有，她只是經過我身邊，然後丟下這句話，然後走掉，這樣而已。

而最奇怪的是，我反而寧願她再打我一巴掌。

無心無緒的在街頭晃呀晃的，我想回家可是我又不敢回家，我想打個電話給誰可是我不知道自己想說些什麼；就這麼晃呀晃的晃呀晃的，終於我還是晃到了十點就習慣性的準時回家，遠遠地看著沒開燈的大廳，我只覺得心涼了一大半——我不要一個會說謊的女兒——我想起媽媽最後說的這句話；本來我以爲那是爸媽不要我了的暗示，可是當我拿出鑰匙插入門把轉了轉之後，我鬆了口氣，門沒鎖，他們只是生氣而已，不是放棄。

還好，我還是爸媽的女兒，當年他們結結實實痛了一頓生了下來的那種。

『庭羽！』

在黑暗中有個聲音喊住我，嚇了一跳的我轉頭，這才發現原來是不知道等了我多久的庭羽。

「你怎麼會在這裡？」

『來給妳送生日禮物啊。』

「幹嘛不打手機給我？在這裡空等……」

『我不想打那支手機。』

「……」

『怎麼了嗎？妳臉腫腫的，而且怎麼今天寶傑沒上班？』

然後我就哭了，在這整天、不，是這一陣子以來的壓抑、委屈全哭訴給林庭羽，我最好的朋友，林庭羽，我後來覺得他很討厭，可是他卻還是記得我生日的林庭羽。

「你知道我最生氣的是什麼嗎？」

『嗯？』

「他們打包東西回家。」

『什麼意思？』

「吃不完的食物不可以浪費，所以要打包回家當宵夜。從我認識我爸媽以來他們就是這樣子教我，可是今天我看著他們手中的打包時，不知道爲什麼我突然覺得這樣很寒酸，我今天喝的一杯咖啡就不止那頓晚餐了，我覺得……我覺得自己變得好討厭。」

『跟他分手吧。』

在長長的沉默之後，這是林庭羽開口的第一句話。

『我覺得他、嗯，對妳不好。』

「……」

『妳那麼愛他嗎？』

「愛是什麼？」

『反正不會是讓一個人變得不認識自己。』

「……」

嘆了口氣，林庭羽決定放棄這個話題：

『把禮物收下，然後洗個澡睡個覺，明天醒來跟林爸林媽好好道個歉就好了，沒有父母會氣自己小孩一輩子的。』

「林庭羽。」

『嗯？』

「我們可不可以回到從前？」

我是很想這麼說的，可是不知道爲什麼我沒有，我說的是：

「這是我媽第一次打我。」

『嗯？』

「今天晚上我一直在回想這件事情，然後我突然發現其實這二十三年來有很多事情她是可以打我的，可是她都沒有。」

『妳沒有自己想的那麼壞啦、庭羽。』

「有，國小三年級的暑假我從我媽的皮包偷了一千塊。」

『啊？』

「說了你不可以笑我，而且也不可以說出去。」

『沒問題，請說。』

「那時候我真的真的很想要一個芭比娃娃，可是說破嘴我媽也不相信我想要的居然是芭比娃娃而不是聖戰士星矢，而且我越是認真她就笑得越大聲，所以沒有辦法，我只好從她皮包裡偷了一千塊，放學後自己騎腳踏車去買。」

『……』

「結果我媽發現之後，她本來是想海扁我一頓的，因爲那是我們家三天的菜錢，可是後來她還是沒有，她只是聲稱要殺了我，可是隔天卻買了肯尼回來給我。」

『……』

「我快說完了，你忍著待會再笑。」

『快。』

「我媽嘴硬說幫芭比娃娃買個男朋友擺旁邊，免得我看起來像她男朋友。好了你可以笑了。」

然後庭羽就笑了，而且還是爆笑的那種笑。

第509拐。

「第509拐。」

『第509拐。』

我們異口同聲、然後同時尷尬住，因爲我們都沒想到對方還記得，因爲我們都發現這509拐眞的是相隔太久了。

『好啦，把禮物收下然後進去啦，他們搞不好還沒睡。』

「謝啦。」

『這次不是仿的囉。』

「啊？」

打開手中的紙袋，我看見的是藍色小紙盒出現我眼前，打開小紙盒，裡頭是和我手上一模一樣的Tiffany銀戒指。

『去年送給妳仿的，結果招來個爛桃花，所以今年就決定多花點錢買正品的好了，果眞買仿冒品是不對的。』

「林庭羽——」

打斷我，林庭羽又說：

『我知道妳很感動啦！還有、下個月我生日要的是Nike籃球鞋，記住囉。』

第510拐。

我不知道林庭羽幹什麼要打斷我、好轉開話題，不過我猜他應該不知道我想說的是：林庭羽，我眞的不能失去你。

第十五章

因爲臉還腫腫的關係，所以隔天我沒有去上班。上班？這算是上班嗎？當傳完簡訊給書豪之後，忍不住的、我也苦笑。

起身到廚房拿了冰塊冰敷挨過林媽巴掌的腫臉頰之後，走回房間我看見丟在枕頭邊的手機顯示著未接來電，當下第一個閃過我腦海的念頭是書豪回電關心問我怎麼啦爲什麼？但結果查看之後才曉得並不是。

也對，這時間書豪都還沒醒呢！而書豪睡覺時手機是不開機的。

也對。

回撥。

回撥這陌生來電，結果才響一聲就立刻被對方接起，接通之後我覺得眞的好厲害的是，對方不過一聲「喂？」就讓我可以立刻聽出是那個美麗優雅又氣質的有錢破表女，眞厲害，爲什麼她連聲音都可以好聽成這樣？眞好，眞完美，上輩子究竟是燒了多少好香燒哪一牌的香？這女人。

眞是生下來欠人討厭的，這女人。

在簡短的對話裡，破表表明說想和我見個面，雖然我打從心底不曉得她幹什麼要跟我見個面，甚至我打從肚子裡壓根不想再見她的面好讓自己自慚形穢，不過不知道爲什麼我結果卻還是答應了，我想要不是她天生有股令人難以抗拒的氣質，就是我這個人眞的是太好控制了。

見面。

和破表的見面，不是約在我和書豪經常碰面的誠品咖啡，卻是挑了家寒酸破舊的茶店，我故意的，怎樣？我猜想她那種人大概八輩子也沒去到過這種茶店，不，搞不好就是連經過也不曾有過，老天爺！我眞的嫉妒她，嫉妒到破表了。

我比約定的時間提早了十分鐘到達，來到這家以前放學後總是和林庭羽、逸婷一起鬼混的茶店，我熟練的點了杯冰透的百香紅茶，再來兩盤蠔油鳳爪和涼拌四季豆之後，我突然很神經的這麼感傷了起來：我去什麼誠品咖啡呢？明明這種地方這種茶點這種百香紅茶才是最適合我的呀！

哎～～眞希望待會坐在我對面的人是林庭羽而不是她。

眞希望。

乾等了半小時之後，這破表才慢吞吞的出現，好厲害，連遲到都可以這麼優雅，不像我，只要一遲到就慌慌張張的滿身汗而且鞋帶還跑到鬆了掉；眞好，眞欠人討厭。

『抱歉哪，遲到了一會，這附近很難停車。』

而這是她開口的第一句話，我注意到她一滴汗也沒冒出來。

「怎麼會？騎機車停門口很方便呀。」

抬頭望著我，她微笑了一下，表情好像面對鬧彆扭的小孩子那樣，溫柔且忍讓；雖然拚了命的緊捏著自己大腿命令自己不要胡思亂想，可是我就是忍不住的OS：該死！她看起來不但是全天下男人都會想要娶回家當老婆的優質女人，甚至還是全天下小孩都會想要帶去學校跟同學炫耀的理想漂亮媽媽！她一定不會拒絕買芭比娃娃給她女兒吧？她會把自己女兒打扮成芭比娃娃吧？不、不用打扮，因爲她生出來的女兒活脫脫就是個眞人芭比娃娃，她——

Stop！林庭羽！閉嘴！

『玫瑰花茶，謝謝。』

皺著眉頭把點單上上下下的看過之後，她勉勉強強的終於選了個願意喝的飲料，玫瑰花茶，該死！簡直就像是爲了她這種優雅女人而存在的美麗花茶，不像我，怎麼看就是只適合點百香紅茶而且還是越大杯越好，我——

閉嘴！林庭羽！Stop！

閉嘴。

開口，我說了第一句話：

「有事嗎？」

『沒什麼要緊事，就單純的聊聊，可以嗎？』

「可以呀。」

反正妳付錢。

『在妳看來我是怎麼樣的女人？』

「三十歲。」

『啊？』

「我猜妳今年三十歲，對吧？」

稍微垮了臉，這破表還是試著禮貌的說：

『是呀，和書豪同年紀，我們是大學同學。』

失敗。爲什麼她不生氣？

『妳爲什麼討厭我？』

她不但不生氣，而且她直接了當的問；於是我把問題丟回去給她：

「這是正常的吧？沒有人會喜歡自己男朋友的前女友，不是嗎？」

『我就不會討厭前男友的現任女友。』

哦！太好了！長得美氣質佳又有錢而且心胸還好寬大又成熟知性，該死！眞是欠人討厭，眞是適合葬在我老家的後山上，太好了。

不知道林爸的那把黑槍還擺不擺在家裡？

「你們爲什麼分手？」

『我們分手很久了。』

「我問的是why而不是when。」

我說，然後轉頭又喊了杯冰透的百香紅茶，大杯的那種，因爲我火氣大得很！該死！爲什麼她皮膚白得像牛奶？

『因爲我不是書豪的理想女友。』

低頭啜了口剛送上的玫瑰花茶之後，她回答。

「書豪醉了嗎？有牛奶不喝偏偏要買麥茶。」

『啊？』

「沒事。」

這比喻太難懂，而且我不想解釋，怎樣？

轉頭，我火氣更大的催促著我的百香紅茶；老天爺，爲什麼我就是忍不住的認爲自己是隻醜小鴨還痴心妄想頭髮長了就能像全智賢？眞是夠了！

「書豪對妳很好。」

『是不賴。』

我回答，然後打了個呵欠，我故意的。

『妳真的很幸運，書豪以前不是脾氣那麼好的男人。』

「喔？」

『就像是昨天，換作是我們的話，書豪是絕對不可能追上去的。』

——當女朋友被氣跑的時候，你就應該要追上，別再重蹈覆轍了，小書。

「怎麼聽起來妳好像還很愛他的樣子？」

『妳看起來笨笨的，但其實這方面還滿開竅的嘛。』嘴角漾起討人厭的優雅微笑，這破表一點掩飾也沒有的繼續說：『對，我確實還是愛著書豪。』

接著她拿起擱在一旁的包包，本來我入戲太深的誤以爲她是要像偶像劇經常演的那樣，好闊氣的從包包裡拿出一紙空白支票、而支票上的金額任我塡，爲的只是要我離開書豪好讓他們重修舊好；可是她不是，她只是拿出香菸還有打火機，這樣子而已。

「你們抽一樣的菸。」

直楞楞的望著她細細手指間的香菸，忍不住的、我說。

『更正確的說法應該是，書豪抽我抽的菸。』

直勾勾的望著我，她強調。

『書豪很大男人的，以前他老要我戒菸，而原因不是抽菸對健康不好，卻是女人抽菸不好看，夠大男人吧？』

夠大男人。

『可是我不要，不要就是不要。』笑著把玩著菸，她才又說：『沒想到後來卻變成是書豪抽我抽的菸了。』

「後來？」

『他失去我之後。』

——我在乎她，我承認，因爲她傷害我很深，在妳看來我的世界很大，可是在她看來我卻太不長進，所以她不要我，她分手；而我想要證明沒有她我反而過得還更好！這點利用了妳，我很抱歉。

以一種勝利的姿態，她問：

『要來一根菸嗎？』

「不，我不抽菸，為什麼問？」

『因為妳現在的表情看起來很需要一根香菸的樣子。』

不，我現在需要的是林爸的黑槍。

把她宰了吧！就葬在老家後山吧！對！就這麼辦！

『沒想到書豪就是連本來我們要一起開的咖啡館都要成型了呢。』

——嘿！我們來開一家自己的咖啡館吧。

——我們的咖啡館？

——嗯呀，我和妳，書豪和庭羽，我們的咖啡館。

「我們的咖啡館？」

『我們的咖啡館。』

太過分了，欺人太甚了，過分……

強忍著眼淚，我問：「爲什麼要對我說這些？」

『因爲是妳先問的。』

「我先問的？」

『一開始，妳問我爲什麼和書豪分手，本來我是不想說的，可是妳自己問了，不是嗎？』

「……」

『因爲我沒辦法像妳那樣，好像一個附屬品一樣的跟在書豪身邊，爲了他而改這換那的。』

附屬品？在她看來我只是個附屬品？那麼書豪呢？是不是也這樣看待我的？而我卻還沾沾自喜的以爲這就是愛？

『書豪是大男人，但是我更大女人，如果在愛情裡有誰該是誰的附屬品，那個人也絕對會是書豪而不是我，這就是我們分手的原因，書豪受不了我比他有錢比他會經營事業比他懂咖啡甚至他愛我比我愛他多。』

——可是我現在愛的是妳，我就是喜歡這樣的妳，亂糟糟的頭髮，不世故卻純真；如果有時候我不經意讓妳不自在，請原諒那是因為從小我的生長環境就那樣，那些人，那些價值觀，我會改，我願意改。

所以，他愛我只是為了要滿足他的優越感，是嗎？

『因為愛過，所以了解，他只是在找一個理想的我，陪他一起完成我們未完的夢。』

「妳——」

『對了，』理也不理我，她繼續：『你們去泡溫泉了嗎？』

——去泡溫泉如何？其實這種春末夏初的季節去泡溫泉才是王道。

『還有，想必你們也是在誠品咖啡裡遇見的吧？』

——妳也喜歡誠品咖啡？

——犯法嗎？

——妳還沒走出失戀嗎？

她的話對比出當時的書豪，恍惚間我有種好奇怪的錯覺，我覺得當時書豪其實只是在重複曾經和她有過的對話，我覺得書豪其實只是把我當成適合他的她，透過我、書豪和想像中的她對話，我覺得——

我覺得夠了！

我於是起身，我決定管他媽的優雅去他媽的氣質我管他去死的，說：

「妳真的很賤！」還有：「妳的睫毛假得很搞笑活像把窗簾往眼皮貼！」以及：「妳瘦是瘦，但是屁股卻很寬！哼！」

然後我就走了。

而，這是第一次，我打從心底完全性的不嫉妒她。

第十六章

「就像是那個打假球的球員，叫什麼名字來著？那個捕手？」

『這我哪知道？這位少女！』

「這怪了？明明就是你告訴我那新聞的呀，怎麼你會不知道？」我試著想要回想但無奈腦子亂糟糟的什麼屁也想不起來，所以乾脆放棄去回想而只是再開了一罐台灣金牌啤酒往嘴裡倒。

『所以妳到底是要講什麼啦？哪有女人日正當中的帶著兩手啤酒跑過來而且還哇啦啦的講個不停但卻淨講些只有她自己聽得懂的鬼話？』

巴了一下他的頭好叫他閉嘴，我解釋：

「就像是那個打假球的球員嘛那時候當他敲出全壘打的時候，我是多——麼多麼的替他歡呼又叫好！當他發生捕逸暴傳時，我又是多——麼多麼的用力的告訴他沒有關係。結果呢？結果只是在把球迷裝肖仔的演戲打假球，哼！」

『所以妳沒頭沒腦的說這幹嘛？這跟妳愛人和他前愛人有什麼關係？』

「吼！你今天是怎麼了？突然的笨到我不知該怎麼跟你講話了啦！哎～」抹了抹嘴角的啤酒泡，「就是裝肖仔耶呀！我以爲他給我買手機，他要我別工作，他說我們該有個自己的咖啡館，我以爲那都是因爲他愛我他想要多能看見我，結果居然是、嗚……唔……」

唔……不妙，喉嚨突然有股酸意。

『妳敢吐在這裡就給我試看看！』

「面紙，面紙面紙面紙。」

面紙，整盒的面紙直接遞過來給我，而且還是用丟的，這混帳！

「喂！你！搞什麼今天不是幫我抽兩張卻是整盒遞？怎麼？瞧不起被裝肖仔

的女人是不是？」

『我一向就是整盒遞呀！妳才媽的裝肖仔。』

「你屁！你從以前就是抽兩張，而且連啤酒都是先打開才遞給我！如果是可樂的話還會先插吸管！可惡！我是個被裝肖仔的女生而且還給我最好的朋友瞧不起！我不要活了啦！」

『喂！我說妳從頭到尾都是把我當成誰啦？』

「林庭羽呀。」

『庭你媽個羽啦！我是妳的大學學長兼初戀情人！』

嘖，難怪這傢伙怎麼今天不周到成這樣；哦哦，這麼說我就想起來了，本來從茶店被氣跑之後，我第一個想找來好好靠腰一番的人是林庭羽，可這小子硬是不接我電話，沒辦法，我只好悶著頭拎著兩手啤酒來找這欠揍，而且還很可憐巴巴的在門口等到他們空班。

哎～～

『妳倒是以為那俏妞怎麼可能在這餐廳裡啊？』越講越火、這欠揍：『再說、我哪有他那麼美啊？』

「說的也是，」越想越心酸的我：「要是我有庭羽那麼美的話，我的戀愛運就會順利很多了吧？」

『要那俏妞有妳那麼帥的話，他戀愛運也會好很多。』

『啥？』

「別再叫他俏妞了、小心我揍你，還有、你這倒是提醒我一件事。」

「林庭羽好像談戀愛了耶，他最近變得好忙，而且都不接我電話。」

「哦，這聽來是談戀愛了沒錯。」

「老天爺！雪上加霜嘛這簡直是！和男朋友感情出了危機不說，我最好的朋友還沒義氣的給我談戀愛去！我不想活了啦！」

『雖然不關我的事，但反正剛好聊到所以順便提醒妳一下。』邊說著邊把我手邊的啤酒罐給挪開免得我喝過頭眞吐了，『如果庭羽眞有女朋友了的話，妳就實在不應該再把他當成男朋友使喚了。』

「我哪有！」

『不然又害他感情失敗這罪孽可就重了。』

「你亂講！」

『我沒亂講！』清了清喉嚨，欠揍很正經的說：『我們交往的時候，我就一直覺得他反而比我還像妳男朋友。』

「屁。」

『而妳反而比逸婷還像他女朋友。』

「屁屁屁！」

嘴上說著屁屁屁，但此時此刻的我膝蓋卻輕微的軟了一下，腦子裡忍不住不停不停的回想：

——熱車，備酒，滾過來。

——說到這，既然有了男朋友，就不該再繼續把我當成隨傳隨到的車伕了吧？

回過神來，這欠揍還在繼續自顧著說：

『所以，妳打算和妳男朋友分手嗎？』

「不知道。」

『哦。』

「你覺得呢？」

『要換作我是妳的話，我就會和他分手。』

「爲什麼？」

『因爲他們聽起來比較配。』

欠揍！

『而且聽起來他們真的還相愛，要不起碼就還很在乎對方。』

不服氣的、我反駁：

「搞不好是那女人騙我呢？她心機重得要命而且假睫毛貼得活像扇子搧呀搧地超搞笑更別提她下盤還有點寬沒去打女子棒球真可惜。」

『雖然是情敵但也用不著醬子人身攻擊吧？』

好啦好啦。

「再說、偶像劇不都醬演的嗎？」

『是嗎？』

「是啊。」

『喔。』

「嗯。」

『但我還是滿想看他被妳蓋布袋的。』

「什麼蓋布袋？」

然後欠揍就很認眞的火大了：

『喂！我可警告妳哦！老子可是超講究公平的天秤座，當年分手後妳蓋我布袋的事我很有風度的沒跟妳算帳因爲說到底是我劈腿在先，可是這個要是在分手之後妳沒蓋他布袋的話就嚴重傷害到我們天秤座的公平原則，那樣子的話我可是會連朋友都不想跟妳當的喔，瞭吧？』

「瞭個屁。」

我嘖他，可是嘖著嘖著，突然覺得有個什麼很不對勁。

「可是我當年又沒蓋你布袋。」

『喂！林庭羽！我都說了不會跟妳計較了，妳就別再裝了吧，反正這件事情都過了情感追訴期了沒關係。』

「可是我眞的沒蓋你布袋啊。」

『可是我眞的被蓋布袋了啊。』

「……」

『會不會是妳爸？』

「沒可能，你那天跑太快，我爸根本來不及看清楚你的長相，而且他怎麼可能只是蓋布袋。」

『說的也是，他應該會直接斷腳筋。』

「會不會是小騷包的前男友？」

『沒可能，因爲那瘋子的前男友當時還寫了張感謝函給我甚至表示往後去他家吃自助餐不收錢。』

「還是說、你有其他的仇人？因爲你知道、你看起來眞的滿欠揍的。」

青了我一眼之後，欠揍說：

『我有把握就是妳，因爲當妳來陰的從背後偷蓋我布袋海扁我一頓之後，還補了一腳嗆聲說這就是傷害林庭羽的下場。』

「……」

『……』

「那聲音是男的還女的？」

『感覺像男的，但又像女的，所以我那時不作他想的就直覺是妳。』

「你怎麼會欠揍到連自己前女友的聲音都認不出來？」

『我當時正在被揍，哪可能聽得那麼清楚，妳以爲我是職業被揍者嗎？被揍的時候還能保持理智聽個清楚到底誰揍我？』

「……」

『……』

「林庭羽！」

『林庭羽！』

異口同聲的、我們驚呼。

『老天爺！原來他從那時候就暗戀妳！』

「什麼鬼？」

『他暗戀妳啊！妳不曉得？』

「啊？」

『逸婷沒跟妳說過？』

「逸婷？」

『我們那時候有聊過，你們感情那麼好對我們會不會有影響，她說會而我說還好，後來聽說他們分手了，我有傳簡訊問逸婷爲什麼，她回簡訊說是因爲庭羽，我想她指的庭羽應該是妳。』

「……」

『喂！妳是眞的從頭到尾不知道庭羽暗戀妳？』

「不知道，他從沒說過我哪會知道。」

『我們還以爲妳從頭到尾只是在裝傻而已耶。』

「我爲什麼要裝傻。」

『好方便能繼續利用他對妳的喜歡然後把他當男傭使喚啊。』

「我看起來像是那樣子的女生嗎？利用人？」

我說，殺氣很重的說。

『沒、當我沒說。』快快的把臉轉開把距離挪開，這欠揍主動的幫我開了罐金牌遞給我，接著好奉承的招呼著：『來來來，喝酒先，我的腳還想繼續用，把它打斷對妳對我都沒好處，哈哈哈～～』

把遞過來的啤酒往欠揍臉上潑去之後，我起身離開去找逸婷秋後算總帳，不，是講清楚問明白！

問清楚，講明白，這該死的逸婷，虧我還推心置腹的當她是閨中密友，結果她居然海瞞了我這麼久！

『對啊，我早就知道庭羽暗戀妳啦，怎樣？』

而這是逸婷聽完我興師問罪之後的第一個回答，還理直氣壯得要命！

「而妳卻一直沒告訴我？甚至現在還反問我怎樣？」

老天爺！我今天是犯太歲還是卡到陰？爲什麼見誰就想殺呢？或許我該立刻灌杯青茶草降降火才是。

『反正妳又不喜歡他，跟妳講了也白搭，搞不好還破壞了你們的友情，不對嗎？』

「你們現在是一個個的都會算命了不成？都不用問就知道啦？」

『怎麼？意思是妳也喜歡庭羽？』

然後我就被問倒了。

我喜歡林庭羽嗎？這可眞是個好問題。

我當然喜歡林庭羽，要不幹嘛每次每次想到個什麼好笑的就直覺找他說去，要不幹嘛每次每次想去個哪裡就直覺找林庭羽玩去，要不幹嘛每次每次坐在對面瞎聊天的人我不會忍不住在心底拿來和林庭羽比較還打從心底偷偷排名認爲坐在對面的人還是林庭羽才對味？

「我當然喜歡林庭羽呀！」

『可是庭羽，喜歡不是愛。』

「我再也不要相信妳的話了，臭女人！」

『隨妳便啊。』超囂張的吹了吹粉紅手指甲，逸婷踐到不行的說：『就像是我也喜歡庭羽妳啊，要不幹嘛妳害我們分手但結果我卻還願意和妳當好朋友呢？』

「所以眞的是我害你們分手？」

『這還用問嗎？』有夠受不了的翻了翻白眼，『誰受得了自己的男朋友心中的第一名是他的好朋友而不是他的女朋友？更何況他的好朋友還是個女的！』雖然是個比他還帥的女生。逸婷很識大體的小小聲補上這句話，『這種事誰受得了嘛！換作是妳的話妳OK嗎？』

不，我不OK，而如今、我還面對到了現世報。

在我男朋友的排名裡，我只是個女配角，被他拿來完成和女主角未完缺憾的女配角。

不，我受夠了。

「爲什麼不告訴我？是我害你們分手的這件事？」

不告訴我，而且還打死不說。

『因爲我還想要妳這個朋友，我們三個人沒辦法再像妳懷念的從前那樣三人行到處玩耍，這點我很抱歉，那段日子我也很懷念，但不行就是不行。』嘆了口氣，好哀傷的逸婷做了這麼個結論：『但、如果要怪誰的話，拜託去怪庭羽別怪我。』

哪個庭羽？

當妳告訴我：「去愛吧！庭羽。」時，妳指的是哪個庭羽？

『當我攤牌問庭羽我和妳誰重要時，他眞的不該老實的回答我：如果硬要失去一個人的話，那他會寧願選擇失去的人是我不是妳。這眞是太過分了！怎麼、我條件比妳差嗎？』

「不，妳比我美，而且一看就知道是女人；我想那大概只是因爲我和庭羽從國中就認識，而我們感情眞的很好很好的關係；相信我，如果我們兩個硬要選個美人兒的話，那個人絕對是妳不是我。」

『同感，謝謝。』很滿意的笑了笑，接著逸婷繼續火大：『而且我眞的是受夠妳們這種女人了！當感情觸了礁的時候幹什麼第一個想要算帳的對象總是女人而不是男人呢？難道妳男朋友一點錯都沒有嗎？都是第三者都是前女友甚至都是他媽媽的錯嗎？他就一點責任也沒有嗎？他是不是不該接那通電話、不該見那個面，甚至不該說出媽的我還想妳！』

「對不起。」不過，「突然的火這堆是爲什麼？我有點不理解耶。」

『喔，沒事啦，是學長，我們最近有點這方面的麻煩，先是妳又是他店長，所以我想接下來差不多要換成他媽媽了。』

「哪個學長？」

『妳蓋他布袋的那個學長。』

「蓋布袋的人不是我是林庭羽。」還有，「你們?!」

『嗯啊，我打從一開始就不認爲他會是個同性戀，拜託！他色鬼了好嗎？』

「什麼時候開始的？」

『約莫是妳離職後，那天我跑去找妳但妳已經離職而學長卻在那裡，欸、剛好聊到所以順便問一下好了，你們店長是不是對他有意思啊？未免也太老牛吃嫩草了吧？』

然後我整個人就恍惚了起來。

「是從什麼時候開始的呢？我身邊的朋友一個個的瞞著我偷偷談起戀愛來而且還沒打算告訴我？」

『誰叫妳見色忘友得要命，滿腦子只有那雅痞，像個裝飾品一樣讓他帶在身邊跑，這種朋友實在很討厭。而且、老天爺！妳到底接不接手機啊？不接的話就關機好嗎？很吵耶！』

不，我不想接書豪的電話，可是我也不能關機，因爲我怕林庭羽回電話來怎麼辦？

『所以呢？妳是要跟他分手的意思嗎？』

繼欠揍之後，逸婷也問了我同樣的問題。

我不知道，我還是不知道，這兩天發生太多事，簡直活像是快轉一樣，我腦子太笨反應不過來，我沒有足夠的腦容量我很抱歉；我只知道書豪一直一直打電話來可是我一直一直沒有接，我只知道我一直一直想找林庭羽可是他一直一直不接我電話；而實際上好像是從我戀愛之後，林庭羽就開始不再願意接我的電話了。

如果此時此刻逸婷也問我：林庭羽和書豪硬要失去一個的話，那麼我會選擇誰？

我想，我的選擇會是和林庭羽一樣。

那麼，這是愛嗎？

老天爺，愛這個字爲什麼這麼好寫卻那麼難理解？

「這是愛嗎？」

開口，我以爲我會這麼問逸婷，但是結果我沒有，我問的是：

「手機借我。」

『啊？』

「啊個屁呀妳！手機借我這四個字是哪裡聽不懂！」

『嘩～～要是庭羽也像妳這麼man的話該有多好。』

「嘩～～要是欠揍也像妳這麼不怕死的話該有多好。」

『好啦好啦，妳是要打給誰啊？』

「妳前男友。」

『好吧，看在我接收了妳前男友的份上。』

接過逸婷的手機，我撥出林庭羽的號碼，在他還沒反應過來之前，我只說：

「熱車，備酒，滾過來。」

第十七章

三個人，在以前我們三個人放學後經常待著等夕陽的河堤邊，好久不見的，我們三個人。

『妳臉怎麼還是腫腫的，不是跟妳說要冰敷嗎？』

而這，是林庭羽開口的第一句話。

庭羽不是我今天見到的第一個人，但卻是第一個發現我臉還腫的人，林庭羽……你眞的是貼心到欠揍哪。

摸著自己還腫著的臉，本來我是以爲自己會感動到哭的，但結果我沒有，我只是架他個拐子，然後男子氣的問：

「喂！聽說你暗戀我？」

『嗯。』

「什麼時候開始的？」

林庭羽沉默，而逸婷則是無風不起浪的搶著代替回答：

『自從妳和學長交往之後，他發現自己吃醋吃得要命。』

「妳那時候就知道了？」

『廢話！我那時候是他女朋友，哪有可能不知道！順道一提，其實學長那時候也知道了。』

然後我就火了：

「所以你告訴所有人你暗戀我、就唯獨不告訴我？」

『因爲我知道妳不愛我啊。』

『所以說了也白搭，不如繼續當個好朋友。』

「妳給我閉嘴！」青了逸婷一眼之後，轉頭我繼續火大林庭羽：「所以你也是算命一族？問也不問就知道？」

『所以妳希望我問？』

「總比被蒙在鼓裡最後一個才知道的好吧？」

『反正如果被拒絕的話再當作是開玩笑就好啦。』

逸婷接腔，然後又被我青，接著很識相的閉上嘴巴玩手機。

『可是我都認識妳幾年了、庭羽，這種心知肚明的事還要開口問的話，難道妳不覺得悲哀嗎？』

「不，我不覺得悲哀，怎樣？」

然後林庭羽也火了：

『如果妳也喜歡我的話早就喜歡了！幹什麼還要我開口問！』

「那你呢？你自己還不是！」

啞口無言了一下，林庭羽決定他要繼續火：

『好！就算說了以後連朋友也當不成那我也認了！』

「我同意！乾脆就在這個我們三個人的老地方來個飆實話比賽好了！」

『好耶好耶！飆實話比賽！逸婷我其實有偷偷想過如果和庭羽談戀愛的話不知道會是什麼感覺，這裡的庭羽指的是女的庭羽、當然。』

「閉嘴！」

『麥鬧！』

『好啦好啦，你們繼續。』

然後林庭羽就繼續了：

『我是在愛上妳很久之後才恍然大悟原來那是愛！因爲一開始我以爲妳是女同性戀所以不想自討沒趣，順道一提、那差不多是國三的時候。』

「我——不——是——女——同——性——戀！」

『好可惜。』

「逸—婷！」

『好啦好啦，你們繼續，對了、妳手機不接就乾脆關了吧？很吵耶。』

「麥吵啦！」

『哦。』

『對！我後來知道妳不是了，當妳和學長交往之後，那時候妳知道我有多嘔嗎？早知道我就——嘔死了、我！』

「那分手之後你還是有機會啊。」

『可是我覺得妳還是只當我是好朋友而已啊。』

「但反正你還是要問啊。」

『拜託！林庭羽！我看過妳談戀愛的樣子！我看過妳對喜歡的男生的樣子！那是妳從來沒有對待過我的樣子！所以我才有把握、妳眞的只當我是好朋友而已！』

「因爲你不是我男朋友啊！所以我那樣子對你難道不是很變態嗎？」

『結論是你反正應該問啦。』

閒不住的逸婷又補上這麼一句，而這次我同意。

「沒錯。」

『而且、你們兩個廢話那麼多幹什麼？兩個庭羽都白痴得要命！』超不屑的、逸婷下了這麼個結論，『總而言之一句話：兩個人都不夠勇敢啦。』

「……」

『……』

『兩個人哪、不勇敢是要怎麼愛啊？』

在長長的沉默之後，林庭羽先開口：

『好吧，我承認我是不夠勇敢，我不想要得不到愛情結果還失去我最好的朋友，所以我一直沒問，我很後悔，我承認。』

「那你後來又幹嘛要疏遠我？這樣反正還不是失去了。」

『因爲我還是愛妳，雖然我一直沒有開口問。』

「啊？」

『我可以同意我們只是好朋友，可是我不能接受妳又變成別人的女朋友，我想要繼續維持現狀，因爲我覺得那樣其實也不錯；情侶般的互動——別否認、我們的互動不但很情侶，而且還是老夫老妻的那種，不信妳問逸婷。』

「嗯哼，只差沒有親密接觸而已。」

『我想要維持現狀，我們不屬於對方、可是也不屬於別人，這樣很好，比愛情還好，妳不覺得嗎？』

我同意。

「直到書豪出現？」

『直到那雅痞出現。』林庭羽更正，『一開始我還覺得無所謂，因爲我覺得你們反正不會順利。』

「爲什麼？」

『因爲妳不是用眞正的妳去和他交往，卻是用他希望的妳，我覺得那不會長久，因爲不是眞愛，假裝久了就能眞，這句話我不同意。』

「我同意你不同意，但是這句話怎麼好耳熟的感覺？」

『韓劇My Girl，我們一起看的，我還買了DVD送妳。』

「哦、對，不過正確說來是你買了DVD送自己，然後順便燒給我。」

『隨便啦。』

『老欸，明天吃素哦。』

突然的、逸婷又閒不住了的插上這句話。

「這幹嘛？」

『那個老夫老妻的醬瓜廣告啊，每次看到你們兩個鬥嘴我老想起那廣告。』

「……」

『好，我閉嘴，你們請繼續。』

於是庭羽就繼續：

『後來我承認我刻意疏遠妳而且實不相瞞我很高興妳有發現到這一點。』

第511拐。

『不是因爲看得到卻愛不到的苦，而是因爲妳開始變得不是我認識而且喜歡的那個庭羽，卻是他想要的庭羽，那很討厭；我討厭他讓妳變得討厭，我還想喜歡妳不想討厭妳，所以我只好疏遠現在的這個妳、而繼續喜歡過去那個妳，再說、是妳先討厭我的，對吧？』

對！他讓我覺得你很討厭。在心底有一部分的我告訴自己這是不對的，可是……

『所以呢？反正說都說了，不如就順便問吧！妳也愛我嗎？』

「我——」

我才想回答時，卻聽到逸婷拿著手機講不停，而且、拿的還是我的手機！

『哦……她在忙啦！對呀、就是那個你討厭得要命的好朋友，他剛跟她告白了……』

「逸、逸婷——」

『……我也不知道怎麼會變成這樣啊？不過好像是你前女友找她說了些什麼討人厭的話吧。』

「逸婷！」

『哦、好啦好啦。』對著我擺擺手，逸婷繼續對著手機說：『她在吼我了啦，我叫她跟你講哦！因爲黑道世家的女兒不好惹呀！什麼？這麼厲害的家庭背景她沒跟你講？就是啊庭羽她老家後山——』

忍無可忍的搶過手機，我起身離開和書豪簡短的解釋這前後的經過，然後我同意馬上過去和他當面說個清楚。

「我要走了。」

我說，接著林庭羽的臉上出現受傷的表情。

『就是這樣。』

「啊？」

『我一直把妳擺在第一位，就算是我和逸婷交往時，或者妳和學長交往後，我也還是妳的第一名，和他並列的第一名，就算我們只是好朋友；可是當妳和他交往後，我開始變成了備胎。』

「我沒有……把你當成備胎啊。我只是、真的該跟他說清楚，不能這樣沒頭沒腦的消失啊。」

不理會我，林庭羽繼續：

『我也知道愛與被愛並不一定成正比，付出不代表就會有回應；但我同時也知道，當感情的天秤失衡的時候，付出愛的一方他起碼還是可以決定離開這個天秤。』

「林庭羽——」

冷冷的望著我，不帶感情的、庭羽打斷我：

『這樣吧！我乾脆好人做到底、載妳去見他，妳是要去見他、而不是要他來這裡找妳，對吧？』

對……

我們的天秤也失衡了，我和書豪，失衡。

『然後、然後就當這是我們最後的失衡。』

「庭羽！」

『我建議妳不要去找他。』

逸婷說。

「可是我不能這樣不明不白的消失啊，他什麼事都還不知道啊！」

『我受不了妳老是這麼任他隨傳隨到。』

「我——」

『算了，妳高興就好，反正也不關我的事，走吧。』

「那、我們還是朋友嗎？」

『我們當然還是朋友，只是、不會再是好朋友了。』

「爲什麼？」

林庭羽沒有回答我爲什麼，他只是拿起車鑰匙，然後要我們跟上他。

第十八章

『我覺得好突然，不太明白為什麼一覺醒來結果我們全變了樣？』

這是書豪開口的第一句話，在我們初次遇見的誠品咖啡裡，初次遇見的老位子上，當我跟他提出分手的要求之後，我們延續方才在河堤邊的飆眞心話比賽。

「不，其實並不會突然，而應該說是這段時間以來的累積，累積到了一個爆點，然後、這一切都再也假裝不下去了。」

『假裝？』書豪看起來很困惑的樣子，『我們有假裝什麼嗎？』

然後我就笑了，笑得心都累了。

我一直為了你而假裝，但到頭來你卻以為我眞的就是那個樣子？

「就好比這裡好了。」

『這裡有什麼問題嗎？』

「問題就出在這裡，我其實並不喜歡誠品咖啡，它貴死了，又經常客滿的擠死了，講話太大聲、笑得太放肆我會很不自在，我只是偶爾來這裡喝杯最便宜的咖啡，爲的只是感受一下這裡的氣質、我沒有的氣質。」

我知道我不屬於這裡，我知道。

「我其實眞正喜歡的是便宜的茶店，在那裡我很自在，而且通常星期四就會有最新的壹週刊，花幾十塊喝杯大的百香紅茶還能看到七十五塊的壹週刊我覺得很划算，不好意思我就是這麼小老百姓的愛貪小便宜。」

『不，沒問題，我也喜歡貪小便宜，每次買車的時候我也會和sales殺價的。』

然後我又笑了，笑得心都累了。

『但我眞的以爲妳也喜歡誠品咖啡，因爲連續兩次都在這裡遇見妳，所以——』

「不，眞的是我該道歉，因爲我一直就想要告訴你，可是我一直提不起勇氣說，我眞的怕你把我當怪胎，在你面前我一直就沒有辦法自在的做自己，越是想要自在的做自己、越是事與願違的彆扭。」

『告訴我什麼？』

「告訴你眞正的我，在你面前我隱藏起來的那個我。」

我每個月只有三千塊零用錢，因爲薪水都要幫家裡繳房貸，我嘴邊嘔得要死，但其實心底覺得這是應該的，因爲那是我們的家，而我們都很愛這個家。

我每個月只有三千塊零用錢，一開始我覺得林媽有夠狠，但後來我明白我付出的永遠追不上她爲我而犧牲的；林媽是個工廠的作業員，二十年來準時上班連颱風來也捨不得請假是因爲怕會被扣全勤，二十年來這麼辛苦的工作著但她的薪水永遠只有一點點，少到不夠買個破表她手上的包，但其實林媽是可以不用這麼辛苦的，要不是因爲有了我，她是可以繼續混黑道當大姐頭風光有錢還神氣的，可是她覺得那樣子不好，對她的女兒不好，於是她收手退出江湖從大姐頭變成作業員，收入只有原先的零頭，可是她覺得很值得；還有林爸也一樣，他們失去了江湖換來個小小的家而且還沒有裝冷氣，我們嘴上都不提，但其實我們都覺得很滿足。

我每個月只有三千塊零用錢，遇見你的時候剛好是月底，如果月底三千塊還有剩那我就會犒賞自己在空班時去誠品喝杯咖啡，那是我生活裡最大的奢侈，但對你而言卻是每天的生活習慣，對吧？

『對，但妳其實可以告訴我的，我並不會因此而瞧不起妳，因爲我愛妳。』

而問題就出在這裡。

「你愛我我愛你，可是我們在一起眞的不快樂，我們的差異太懸殊了、我們的嗜好不同，我們只是相愛除此之外我們沒有交集，我們只會越來越不快樂，所以、請甩了我吧。」

『但是我很快樂啊。』

「問題就出在這裡，我爲了你的快樂而改變自己於是很不快樂，而最不快樂的是、我還得假裝這樣的我很快樂，這麼說、你懂我意思嗎？」

『我、我不知道妳不快樂。』

「對，我不快樂，這不是你的錯可是我眞的因爲你而變得很不快樂，我變得討厭自己，我看不起我的家人，我甚至看不順眼我最好的朋友！」

『那個庭羽？』

「那個庭羽。」

我最好的朋友，林庭羽。

『他就是妳想要和我分手的爆點嗎？』

「他是個導火線，但不是全部的原因，一段感情沒可能只因爲單一事件就結束，就像你和她一樣。」

『她跟妳說了什麼？』

「說了你們。」

『……』

『嘿！你沒有資格怪她離開你，你懂嗎？』

『我不懂。她傷害了我們的感情，她讓我覺得自己很沒用，我是沒有強烈的企圖心而且還很怕累，可是那並不代表我這個人就只是個有錢的垃圾。』

「她其實並沒有這麼看待你，她可能只是不懂得怎麼正確的表達，但我相信她只是希望你別浪費自己的才能，這樣子而已。」

『我的才能？』

「你是個很有才能的人，要不幹嘛你每天光是泡咖啡館卻還是一缸子人捧著錢想找你幫他們規劃開店？」

『嗯。』

「你只是不太懂得怎麼正確的愛人。」

『我不懂？』

「你不懂。」眞的不懂。「就像是我的臉。」

『妳的臉怎麼了？』

「我的臉腫了，昨天我媽打我巴掌，現在還沒消腫，大概是因爲我媽的斷掌的關係，所以她手勁大得很。」

然後他就笑了，笑裡帶著苦。

『那麼，可以給妳前男友一個建議，教他怎麼正確的愛人嗎？』

「眼底不要只有自己。」

『嗯。』

「浪漫比不上實際的關心。」

『嗯。』

「尊重，而不是自以爲是的給予。」

『嗯。』

「傾聽。」

『嗯。』

「還有，對不起。」

『嗯？』

「我們的咖啡館，對不起。」

『妳要退出了？』

「嗯，我還是比較習慣當服務生，比較喜歡在一家小老百姓也能消費的餐廳工作。」

還有，這樣我才好意思盡情的躲在廚房偷吃pizza而且還不用心痛。但是結果我還是不好意思這麼說出口。

「還有溫泉旅行，沒能去成，我很抱歉。」

『沒關係，我還是可能約她去，如果她願意的話、當然。』

「啊？」

『因爲昨天我們三個人見面之後，我才眞切的明白到原來她還是很在乎我的。』

「……」

『嫉妒是愛情裡最好的感情催化劑。』

「所以你從頭到尾眞的只是在利用我?!」

『沒錯，還有、我們的咖啡館也不用道歉，因爲那本來就是我和她的夢想，而她眞的比妳適合當老闆娘，而且我們就是那種勢利的有錢人，怎樣？』

「你！」

『還有，當男朋友在親吻妳耳垂的時候，妳眞的不應該笑。』

我氣得臉都綠了，但結果書豪卻樂得笑了，開懷笑著的書豪習慣性的揉了揉我的亂糟糟短髮：

『開玩笑的啦！我只是故意說了這些話想讓妳恨我而已。』

「什麼鬼！」

『因爲我是眞的愛過妳。』

「你到底在講什麼鬼啊！」

嘖！還是這樣子的說話方式比較自在。

『因爲讓一個人恨你，這樣她會比較容易記住你。』

「我——」

『可是原來被恨並不好玩。』打斷我，書豪誇張的伸了個懶腰，說：『嘿！給我妳的銀行帳號吧，我好匯這個月的薪水給妳。』

「不用了啦。」

『不用客氣啦，那點小錢我不在乎。』一說完，書豪立刻察覺到自己的失言，他快快的改口：『不，我的意思是、那是妳該得的，我——』

然後我就笑了。

「眞的不用了啦，你已經給我太多了。」

『可是——』

「而且有些東西是用錢也買不到的，例如感情，還有回憶。」

『……』

「我希望和你的回憶是無價的，所以我不想要拿你的錢，這樣你懂我意思嗎？」

『謝謝妳。』

謝謝你。如果我們之間只剩一句話的緣分，那麼，我想說的也是，謝謝你。

「謝謝你，讓我這麼平凡的人生裡能夠遇到王子，然後讓我明白原來我不適合當灰姑娘。」

『原來我是王子啊？』

「No doubt。」

No doubt。

在走出誠品的時候，雖然覺得有點破壞這美好而又和平的分手氣氛，不過眞的很耿耿於懷所以我還是決定不吐不快。

「對了，所以你會跟她復合嗎？」

『我是打算努力復合的，而她接不接受的話就不知道了，爲什麼問？』

「唔……是想說、如果可以的話，能不能幫我爲她收回一句話？」

『什麼話？』

「關於今天早上我說她屁股很寬的那句話，我是……唔、我、很想收回這句話。」

笑到抱肚子的、書豪上氣不接下氣的說：

『妳完了妳，她會因此而記住妳一輩子的。』

「爲、爲什麼？」

『因爲她最恨別人攻擊她的屁股寬。』

我完了我，希望她可別像我也是黑道之後。

『嘿！我們來個最後的擁抱作爲結束如何？好朋友的那種。』

「好啊。」

最後的擁抱，在擁抱的最後，書豪說：

『你們，要幸福喔。』

第十九章

在分手之後書豪堅持要開車送我回家，說來也眞是夠奇怪的了，沒想到居然是在分手之後反而書豪首度登門拜訪林家二老，因爲書豪堅持要爲他所造成的誤會親自道歉並且請求原諒；也因此我更加確定分手的決定對我們而言都是好事，而這得從林家二老的反應說起。

當我打開家門告訴林家二老有客人來訪時，這兩個老傢伙還不當一回事的轉著遙控器守候寶傑上班。

『臉消腫了沒？我昨天有弄些冰塊在冰凍庫裡，別太感激我。』

『早警告過妳別惹火有斷掌的女人，不聽就是不聽，活該！還要妳媽幫妳弄冰塊！』

『就是說咩。』

「喂！我不是開玩笑的啦！有客人來，你起碼也去隨便穿件褲子吧、林先生！」

林先生不鳥我，繼續和他老婆聊：

『這麼晚妳猜會是誰來？庭羽？』

『那小子倒是好久不見，不過我猜是逸婷。』

『哈囉，林爸爸林媽媽好。』

『喲！沒想到來了個新貨色耶。』

『不會就是妳女兒那個男朋——』

邊瞎聊著邊轉頭會客，接著不到三秒鐘的時間，這兩個老傢伙立刻起身拔腿奔回房間。

『怎麼了？他們不歡迎我嗎？』

「不，看來他們是歡迎你的，他們只是去換衣服而已。」

望著一頭霧水的書豪，我實在很想告訴他：而至於爲什麼他們的反應這麼大是因爲你散發出一股讓人不敢放肆的氣質。不過終究我還是沒有說，因爲我想他是不會懂的，而這也是爲什麼我在他面前一直無法自在做自己的原因，因爲這就是書豪的魅力，魅力到讓旁人自覺渺小卻又不自覺的想要努力迎合他。

他眞的好適合活在偶像劇裡，每天就是開著跑車喝咖啡就好；只可惜我不適合偶像劇，我還是合適吃到飽和五分埔。

當寶傑進第一段廣告之後，我們同時看見林爸從原先的洞洞汗衫四角寬內褲搖身一變爲襯衫西褲而且還有夠裝模作樣的打上領帶，而他老婆更誇張，特地化了妝不說，甚至還戴上她最好的耳環——去年母親節我送她的珍珠耳環，SOGO買的，3800一對，心疼死我。

雖然覺得這樣會很不給面子而且有夠不禮貌可是我眞的忍不住想要這麼糗一

下：

「你們是等一下要去吃喜酒喔？穿成這樣是幹嘛？」

『臭女人、不，我說庭羽，還不快去倒冰茶給客人喝！沒禮貌！』

林媽吼我。

『冰箱裡有西瓜，順便切了端出來！』

隨後，林爸也跟著補上這一句。

奉茶，端西瓜，當我從廚房回到客廳時，我真覺得差不多也該適可而止了。

「這位歐桑！把頻道偷偷轉成Discovery未免也太over了吧？」

『我本來就有在看這個。』

哎～～

「還有，這位老頭！立正坐著你腰不痠啊？」

『不會啊，我以前是海軍陸戰隊的，這又沒什麼。』

哎～哎～

好客氣的、林爸對著書豪寒暄：

『不好意思，我們家比較簡便沒裝冷氣，很熱吼？要不要把電風扇轉向你吹？』

『不不、不用麻煩，沒關係。』

『來來，吃片西瓜消消暑，看你熱得滿身汗咧。』

『謝謝。』

幾乎已經用掉一整盒面紙擦汗的書豪大概是被林爸給影響，他跟著也立正坐著，規規矩矩誠誠懇懇的說：

『對於之前造成的誤會我眞的深感抱歉，但我眞的是聘請庭羽工作而不是你們想的那——』

『不、別、沒問題！我們家庭羽沒給您添麻煩吧？』

還您咧！眞是夠了、這林太。

『感謝你願意提拔我們家庭羽啊，有什麼粗活儘量叫她做沒關係，我女兒力氣比男人還大！要不是家裡沒錢，不然真想買塊田給她種。』

「爸！」恨恨的拿了片西瓜塞住林爸的嘴之後，清了清喉嚨，我宣布：

「不過，我已經辭職了。」

『啊？』

「而且，我們今天也分手了。」

『啊？』

在林家二老的啊聲中，我和書豪一前一後細說分明這來龍去脈，聽完之後林媽默默的吃了片西瓜，而至於林爸則是好哥兒們的拍了拍書豪的肩膀：

『辛苦你了。』

喂！什麼跟什麼嘛！

這不自在的氣氛一直持續到書豪告辭爲止，當這客廳重新又變回三個人的自在空氣之後，本來我以爲林家二老會是一頓罵或狂囉嗦的，可是結果並沒有，鬆了鬆卡在喉嚨不習慣的領帶，林爸打破沉默，說：

『難得今天穿這麼體面，老婆啊！我們順便來張全家福吧。』

『好！我去拿相機。』

「就這樣？」

『不然咧？』

「喔。」

『嗯。』

「那、我要不要也去打扮一下？沒記錯的話我有件洋裝是逸婷送給我的生日禮物，還沒穿過喔。」

『不用了啦，妳再怎麼打扮也於事無補。』

『再說、好好的全家福，妳突然穿個洋裝是要嚇唬誰啊？』

哼！

在林媽奔回房間找相機的同時，林爸湊近我耳邊、悄聲的問道：

『不後悔嗎?這麼好的貨色可能妳這輩子就遇到這麼一次。』

「我知道，所以本來是滿後悔的，但是坦白說……」聳聳肩膀，我說：「可是看到你們的反應之後，最後的後悔就不見了。」

『此話怎講?』

「太不自然了!我實在捨不得林家這兩個從良大哥大姐卻在我男朋友面前不自在的卑微。」

『我們哪有!亂講!』

「你們有，而我也有，我們都不是故意的，只是不知不覺的就會這樣，而他也不是故意的，所以……嗯。」

『哈!拍照啦!』

拍照啦。

隔天書豪請人送了冷氣過來安裝，他先打了電話笑說不如就把這當作是我的薪水，這樣也好方便我記住他。

『每當你們家開冷氣的時候，就會不自覺的想起我，怎樣，不賴吧？』

然後我就笑了。

『而且有符合勢利的有錢人會有的作風吧？』

笑得心都暖了。

於是我才明白，人是會被感動到笑的。

感動。

對於書豪的這份心意，林家二老雖然嘴上叨唸著愛擺闊、多事個勁、電費很貴……不過還是一下班就開開心心的使用它；當家裡的每個房間都裝了冷氣而電視櫃上的全家福照同步也更新時，這天，林媽好闊氣的宣布她要捐出陳年私房錢並且今年她所有的年假都要休而不折現金為的是她要招待我們一家三口出國玩。

『女兒也都二十三歲了還沒出過國，說出去也不好聽。』

林媽說。

『香港迪士尼好了！便宜又近還不用簽證，可以立刻就出發！』

林爸附和。

『小時候一直很想帶妳去，可是就是沒錢，然後一轉眼妳就長大了……』

「好耶！我雖然已經長大了可是還是很愛迪士尼！」

我歡呼。

『要不要找庭羽一起去？』

『旅費要他自己付。』

『妳起碼也贊助一下機票錢吧？人家好歹對妳女兒也不錯……』

『也對，但我還是頂多請他吃頓好料的。』

『老婆——』

「沒關係啦。」打斷林家二老的鬥嘴，我說，「林庭羽最近很忙，我想他大概也沒時間跟我們去啦。」

我說，落寞的說。

落寞。

因爲林庭羽還是不接我的電話，而後來想想我覺得其實這樣也好。可能我們的感情一直就太好，好到把對方視爲理所當然的存在，於是趁這機會給對方一點距離和空間，冷靜想想也好。

也好。

不，不好，其實很不好。

於是我才發現，沒有林庭羽的日子我實在沒有辦法假裝自己過得很好；在飛機上時，在迪士尼的時候，甚至是在幫林家二老拍著肉麻合照時，我滿腦子都是如果庭羽在這裡他會這樣他會那樣……

如果庭羽在這裡，那該會有多好。

於是我才明白，原來一直一直以來我不怕沒有男朋友也不覺得自己很有必要談戀愛是因爲反正我還有林庭羽，雖然那時候我嘴邊總還是嚷嚷著想要交個男朋友很想要談戀愛，然而心底卻其實覺得並沒有所謂；然而當林庭羽缺席在我的生活裡時，我才深刻的體悟到：我．眞．的．是．一．個．人．了。

我決定我不要再這樣下去。

去他媽的女生要矜持，不要太主動，反正我被當中性人慣了，怎樣？

回家之後，復職之前，我帶著從迪士尼買來的禮物滿心歡喜的去到庭羽家找他順便計畫計畫他的生日party，可是來到林庭羽家對街時，遠遠的我卻看到他好親密的牽個美眉過馬路，而且還是個洋娃娃般的美眉！

「林庭羽！」

隔著一條街，我喊住林庭羽，而林庭羽的表情是錯愕及驚訝，錯愕及驚訝，而不是想要看見我的表情，當場我覺得自己好白痴，我爲了林庭羽而下定決心和書豪分手說再見，結果換來的是這小子抱了個捲捲頭髮的美眉好甜蜜的走在我眼前。

怎麼可能呢？半個月前才告訴我、他從國中就暗戀我、而且還吃醋吃得要命的人，怎麼可能在半個月之後，這一切就成了過往雲煙呢？

感情這麼容易就能改變嗎？

『她就是我跟妳提過的庭羽。』

緊緊的按住那捲頭妹、一副活怕我把她捉過來生吞活剝似的、林庭羽好溫柔的對著捲頭妹說。

而眼前我有兩個選擇，一是當著這捲頭妹的面堅定的告訴林庭羽：你愛過我、而如今我也愛你，所以我想我們應該在一起；二是裝酷的聳聳肩膀笑一下：「你們兩個還滿夫妻臉的嘛。」然後再回家咬棉被偷哭。

可是結果我都沒有，我只是怒火攻心的拔下無名指上林庭羽送給我的生日禮物用丟的還給他，然後在林庭羽還沒反應過來時，接著說了我認爲如果我們只剩下一句話的緣分，那麼我會想要告訴他的話：

「我眞的不能失去你。」
然後，我又賭氣的追加一句：
「不過，那也已經是過去式。」
好吧！我硬是好風度的又來了一句：
「祝你們幸福。」
算了，其實我眞正想要說的是：
「眞沒想到原來你喜歡的是這種把自己打扮成貴賓狗的臭女生！」
然後我掉頭走人，然後我承認我有要點小心機的故意放慢腳步好讓林庭羽能追上我，因爲他走路跑步是眞的慢，然後我打從心底鬆了一口氣的是：林庭羽有撇下貴賓妹追上我。否則我想我一定會哭的吧！如果林庭羽沒追上來、如果這一切眞的只是我的自作多情……一定會當場哭出來的吧！
一定。

『妳是不是誤會什麼啦？』

「對！我誤會可大了！我誤會你愛我！」

『這——』

「這不是誤會我知道！因爲半個月前某人才在河堤邊超感人的對我告白，你少以爲可以事後否認、因爲還有逸婷可以作證！」

『我沒——』

「可是接著某人電話不接也不回，現在甚至還摟了隻貴賓狗在街上走而且兩個人還手牽手！還手牽手！」

『妳講講理好不好？明明是妳有男朋友，明明是妳每次一接到他電話就立刻撇下我，妳覺得妳還有資格怪我也不把妳當第一名嗎？』

「不好意思喔，我爲了我的見色忘友道個歉，不過順便告訴你一聲、我現在沒有男朋友了，如果你還在乎的話！」

『你們分手了？』

「對！因爲你！這個在馬路上抱隻貴賓狗的你！」

『不要再叫她貴賓狗了！庭羽！』

「怎麼？捨不得？好甜蜜喲、眞羨慕。」

很失敗的偷笑了一下，林庭羽緊捉著剛才的話題，問：『爲什麼？』

「因爲我們在一起不快樂，因爲只有跟你在一起時才快樂，因爲我發現我愛你，怎樣？」

『很好啊。』

嘖，這是什麼鬼回答。

拉住我的手，林庭羽笑著問：

『但妳怎麼知道妳是愛我而不只是依賴我？妳怎麼知道妳是想要我這個男朋友而不只是好朋友？』

因爲嫉妒是最好的感情催化劑。書豪說。

「因爲當我看到你和那隻貴賓狗牽手過馬路表情還好甜蜜時，我嫉妒得簡直想把她宰了葬在我家後山！只是好朋友的話會這樣嗎？白痴！」

然後林庭羽就笑了，而且還趁機握上我的手，十指相扣的那種。

『庭羽，我說眞的，妳不要再叫我表妹貴賓狗了。』

「表妹？」

『她是我表妹，頭髮是自然捲不是故意燙捲裝可愛，所以待會介紹妳們認識時，拜託別再攻擊她頭髮，她很介意這一點。』

天哪，我好想死！

「我、那個……」第512拐，惱羞成怒的第512拐，「你什麼時候多出個表妹怎麼我們認識這麼多年我不知道？」

『我一直就有個表妹不是突然蹦出來的，而妳不知道的原因是每次我一接到妳電話就見色忘友的撇下她趕過去找妳。』

「但你起碼也該稍微的提一下啊。」

試著婉轉好讓我有個台階下而不是繼續惱羞成怒架拐子的，林庭羽說：

『有沒有可能是因為每次我都只能陪妳聊陳金鋒？』

是有這可能，還有、第513喜極而泣拐。

『所以呢？』把我的手握更緊，林庭羽得意到不行的問：『剛剛某人說愛我是真的嗎？』

「這半個月來幹什麼打你電話就是為了告訴你這件事！」

『但妳確定不是嫉妒於是錯以為是愛？』

「是愛所以很嫉妒。」

笑著把我擁入懷裡，林庭羽低聲的說：

『關於生日禮物——』

「Nike籃球鞋，我記得。」

『太晚了，我表妹送我了。』

「把它給我燒掉！」

『妳可以送別的啊。』

「嗯？」

『例如說kiss。』

「這麼好打發？」

『因爲是妳所以我沒輒了。』

「可是我不知道會不會怪怪的耶，畢竟我們好朋友了這麼久，突然的……」

『不然就試試看嘛，如果怪怪的話就算了，我們繼續當好朋友就好啦。』

有道理。

Kiss。

嗯，原來我們眞的不該再只是好朋友了。

還好我們勇敢的試了。

還好。

雖然覺得有點不恰當，不過我還是決定提出這個要求好確認我這段時間以來的疑問，我問：

「你、可不可以親一下我的耳垂？」

『啊？』

「耳垂呀耳垂。」

『在這裡？』

「要不然在夏威夷哦？」

『一定要現在嗎？很多人耶。』

「要不然明年的今天嗎？」

『可是、爲什麼？』

「哎、說了你也不會懂啦。」

『很怪啦。』

「快點啦。」

第514拐。

雖然整個漲紅臉，不過林庭羽還是沒有辦法的只好照辦。

耳垂。Kiss。除了很害羞之外，我完全不會想要笑。嗯，我懂了。

『所以？』

「所以根本就不是我的問題嘛。」

『什麼意思？』

「我們會幸福的意思。」

我們會幸福的意思。

第二十章

結果我們決定去苗栗來個螢火蟲之夜慶祝林庭羽的生日以及迎接我們二十四歲的到來，爲此林家二老還網開一面的決定睜隻眼閉隻眼允許女兒不用陪寶傑下班可以隔天再回家，因此他們聲稱反正對象是林庭羽也就不怕會出什麼亂子，畢竟林家後山的作用、林庭羽是再了解不過。

眞是、謝啦！

只不過有個小問題是、這裡的我們指的是我們兩個林庭羽，以及逸婷和欠揍。

『明明是第一次正式的約會旅行，爲什麼偏偏後面還硬是跟了兩個電燈泡呢？』

手握著方向盤，林庭羽很落寞的抗議。

「誰曉得我不過跟逸婷說了我們要去玩的事，這女人就自己準備好行李還硬是擠上車，嘖。」

『我這是受林媽所託，妳不會懂的啦！』

「最好是啦。」

『而且如果已經沒有螢火蟲欣賞，起碼還有電燈泡陪伴啊，哈～』

欠揍說。

眞是有夠冷的。

「這傢伙到底來幹嘛啦！明明就是要準備研究所考試的人還硬跟個屁！」

『拜託！以前我們約會時，妳都當了我們那麼多次的電燈泡，所以趁著大好機會、我當然要以牙還牙加倍奉還，對吧、親愛的？』

『完全正確、寶貝。』

眞是夠了。

『喂！我突然有種好混亂的感覺，』欠揍光說到這裡，我都已經差不多想要揍他了，不過他還是很欠揍的繼續說：『你的前女友是我的女朋友，我的前女友是你的女朋友，哇塞塞！』

「閉嘴啦！」

『你白痴哦！』

『你前女友明明是那個屁股蛋學妹好嗎！』

我們三個異口同聲圍剿欠揍，哈。

結果螢火蟲沒賞到，蚊子倒是叮了不少，洗完澡後我們決定回民宿打牌喝啤酒，在沁涼的夏夜涼風裡，我們這四個緣分說來還眞是很妙的人邊打著牌邊聊起下午在車上的話題，關於從情人變成朋友的話題。

『從朋友變情人有個好處是，因爲兩個人已經熟到了某個程度，所以可以省略初交往時的尷尬期。』

逸婷說。

「那如果從情人變朋友呢？」

『那會更珍貴。』欠揍說，『因爲我們相愛過，我們失去過，所以我們會更了解對方，更懂得珍惜這份得來不易的友情。』

「那如果從朋友變成情人，又從情人變成朋友呢？」

『那我會希望妳是個比我還幸福的朋友。』庭羽說，『因爲能當朋友是種珍貴，能夠相愛是種珍貴，在世界上幾十億的人當中，我們遇見彼此，我們變成朋友，然後我們心動，我們勇敢，我們相愛，就算最後又變回朋友，我會希望對方是比我還幸福的人，因爲我們擁有過兩次珍貴的機會。』

「所以，如果我們還是失敗了，從情人又變回朋友，你會希望我過得比你幸福？」

『那當然。』凝望著我，庭羽又說：『不過，我會努力讓我們都幸福的。』

「幸福需要努力嗎？」

『不努力怎麼幸福？』

最後，庭羽這麼說。

The End

只是好朋友?! / 橘子作. -- 二版
臺北市：春天出版國際, 2014.04
面； 公分. --（愛藏橘子；01）
ISBN 978-986-6000-94-2（平裝）
857.7 102024185
國家圖書館出版品預行編目資料

只是好朋友?!

愛藏橘子 01

Just Friends!?

作　　者◎橘子
總 編 輯◎莊宜勳
主　　編◎鍾靈

出 版 者◎春天出版國際文化有限公司
地　　址◎台北市信義路四段458號3F
電　　話◎02-7718-0898
傳　　眞◎02-7718-2388
E-mail ◎frank.spring@msa.hinet.net
網　　址◎http://www.bookspring.com.tw
部 落 格◎http://blog.pixnet.net/bookspring
郵政帳號◎19705538
戶　　名◎春天出版國際文化有限公司
法律顧問◎蕭顯忠律師事務所
出版日期◎二〇一四年三月二版
定　　價◎260元

總 經 銷◎楨德圖書事業有限公司
地　　址◎新北市新店區寶興路45巷6弄6號5樓
電　　話◎02-8919-3186
傳　　眞◎02-8914-5524
香港總代理◎一代匯集
地　　址◎九龍旺角塘尾道64號 龍駒企業大廈10 B&D室
電　　話◎852-2783-8102
傳　　眞◎852-2396-0050
排　　版◎浩瀚電腦排版股份有限公司

ISBN 978-986-6000-94-2
Printed in Taiwan